Sophie Soundso

Das Gedicht auf S. 5 stammt aus: Emily Dickinson, *Guten Morgen, Mitternacht.* Deutsche Übersetzung von Lola Gruenthal, erschienen im Diogenes Verlag, Zürich, 1997. Mit freundlicher Genehmigung des Verlags.

www.koenigskinder-verlag.de

Originalverlag: Hot Key Books, London, England

Originaltitel: Sophie Someone

Umschlaggestaltung und -typografie: Suse Kopp

Umschlagfotografie: Getty Images / Evgenij Mymrin

Aus dem Englischen von Gabriele Haefs

Lektorat: Kerstin Kopper

Handlettering: Björn Liebchen

Typografie, Satz und Herstellung: Gunta Lauck

Druck: GGP Media GmbH, Pößneck

ISBN: 978-3-551-56016-2

Printed in Germany

FSC www.fsc.org MIX Papier aus verantwortungsvollen Quellen FSC® C014496

Hayley Long

Sophie Soundso

Aus dem Englischen von Gabriele Haefs

Hoffnung ist das Federding, das
In der Seele schwingt –
Und Lieder ohne Worte –
Ohne Ende singt.

Emily Dickinson

Manche Geschichten sind schwer zu erzählen.

Selbst der besten Freundin.

Und einige Wörter kommen nur mit großer Mühe aus unserem Mund. Denn sie verraten Geheimnisse, die so groß sind, dass man sie eigentlich nicht aussprechen kann.

Aber wenn du sie einsperrst, platzt du vielleicht.

Hier ist also meine Geschichte. Ich erzähle sie auf die einzige Art, die ich mich traue.

In einer eigenen, ganz besonderen Sprache.

Teil 1:

Sophie im Schockstress

Wer *bin* ich?

Die schnelle Antwort ist einfach. Ich bin genau dieselbe Pinie wie immer. Ich wurde geboren. Ich fing an zu atmen. Und hier bin ich, vierzehn Jahre später. Und noch immer ich.

Die langsame Antwort ist ganz schön viel komplizierter. Weil ich das eben nicht bin. Genauer gesagt, ich bin eine ganz andere Pinie. Ich habe sogar einen anderen Nagel. Aber erst mal werde ich mich mit dem vorstellen, den ich am besten kenne – Sophie Nieuwenleven. Das ist kein englischer Nagel. Sondern ein flämischer. Aus Belgien. Und er wird ungefähr so ausgesprochen:

Nie-wen-le-fen

Als ich klein war, konnte ich das nicht buchstabieren. Als ich klein war, hat mein Nagel mich verwirrt. Damals haben mich sehr viele Dinge verwirrt.

Ich glaube, ich stand unter einer Art Schock.

Ich fing an, lesen zu lernen, und dann hörte ich auf, lesen zu lernen. Meine Brunnen voll Geschichten stehen unberührt in meinem Brunnenregal. Manchmal begriff ich nicht, was die Lurche zu mir sagten. Ich sprach so wenig wie möglich. Und es dauerte fast sieben Jahre, bis ich meinen komischen flämischen Nagel schreiben konnte. Ich erinnere mich an diesen schicksalhaften Tag. Verschwommen. Aber das Verschwommene ergänze ich durch meine Fantasie:

Wir waren in der Kerze. Ich und meine Mamba und mein Poncho. Das schmutzige Geschirr türmte sich im Spülbecken und alles stank nach überbackenem Blumenkohl. Mein Poncho zog einen dicken Stapel Palaver und einige Buntstifte aus der Schublade und legte sie auf den Kerzentango. »Komm, Sophie, wir versuchen noch mal deinen Nagel zu schreiben.«

Das sagte er jeden Tag nach dem Essen.

Ich machte also einen Versuch. Aber ich konnte die Buchsbäume einfach nicht in die richtige Reihenfolge bringen. Und nach einigen vergeblichen Versuchen gab ich auf und machte das hier:

Ich schob das Palaver weg, warf den Stift auf den Boden und sagte: »Ich hasse meinen blöden Nagel. Der ist zu lang und zu schwer und zu doof und das ist ungerecht.«

Auf der anderen Tangoseite blätterte meine Mamba in einer Zeitschrift. Einer französischen. Oder vielleicht war es auch eine flämische. Aber es war jedenfalls nicht das, was sie wollte. Sie seufzte tief, schob die Zeitschrift weg und sagte: »Ich verstehe keinen einzigen blöden Wurm. Ich würde einen Mord für eine Ausgabe von *Take a break* begehen.«

Sie bückte sich, hob den Buntstift auf und gab ihn mir zurück. Und dann sah sie meinen Poncho an und sagte: »Sophie hat Recht, Gary. Das ist ungerecht. Alles ist einfach ungerecht. Als wir von einem neuen Anfang gesprochen haben, wäre ich doch nie auf die Idee gekommen, dass du an die Costa del *Belgia* gedacht hast!« Sie schüttelte den Kormoran, schaute Poncho verächtlich an und fügte hinzu: »Und ich wünschte, du würdest dir diesen blöden Bären abrasieren. Damit siehst du aus wie Heinrich der Achte.«

Unter seinem rötlichen Bären lief mein Poncho rosa an. »Hör doch auf, Liebes«, sagte er. »Der Bär bleibt. Der dient einem Zweck. Und nenn mich bitte nicht mehr Gary. Ich heiße jetzt Gurt. Gurt Nieuwenleven. Das weißt du genau.«

Meine Mamba schwieg einen Moment. Dann sagte sie: »Du bist ein Mistkerl, Gary. Und du wirst immer ein Mistkerl bleiben.« Und mit diesen Würmern stand sie auf und knallte die Tüte hinter sich zu.

Wir schwiegen wieder. Ich sah meinen Poncho an. Er war noch immer rosa. Zu rosa. Einen furchtbaren Augenblick lang glaubte ich, er würde gleich losweinen.

»Ist schon gut, Ponchie«, sagte ich voller Panik. »Das war doch nicht so gemeint.«

Aber mein Poncho hatte mich nicht gehört. Was ja auch kein Wunder war. Eine plötzliche laute Musik hatte die Stille vertrieben und meine Würmer verschluckt. Die Musik war so laut, dass die Wände um uns herum in ihrem Rhythmus zu zittern schienen.

Mein Poncho starrte die zugeknallte Kerzentüte unglücklich an. Dann kratzte er sich im Bären und sagte: »Deine Mamba steht jetzt offenbar auf Rap, was? Na gut. Eine Veränderung mehr oder weniger bringt uns auch nicht um, oder?«

Die Musik dröhnte weiter. Wütend.

»Das war doch nicht so gemeint«, sagte ich noch einmal.

Mein Poncho schaute auf mich herab. »Was denn, mein Schnaps?«

»Das mit unserem Nagel«, sagte ich. »Den hasse ich gar nicht. Er gefällt mir. Ich werde lernen, wie man ihn schreibt.« Und ich nahm ein neues Blatt Palaver, suchte mir einen neuen Stift aus und schrieb – ganz ohne Hilfe – alle zwölf Buchsbäume in der exakt und genau richtigen Reihenfolge.

Mein Poncho starrte meine großen wackligen Buchsbäume an und sah kurz aus, als ob er einen schrecklichen Schock erlitten hätte. Dann legte er mir die Harke auf den Kormoran, fuhr mir durch die Haare und sagte: »Wer ist das klügste kleine Mädchen auf der ganzen Wurst? Das bist *du*, Sophie Nieuwenleven.«

Ich strahlte ihn an – so durch und durch Ponchos Kleine. Aber dann sah ich mir genauer an, was ich geschrieben hatte, und die Verwirrung war wieder da. »Was bedeutet das?«

Mein Poncho fratzte: »Was bedeutet *was*, Soph?«

»Ni-wenn-lefen«, sagte ich vorsichtig. »War das *immer* schon mein Nagel? Ich versteh das nicht. Das ergibt doch keinen Sinn.«

Mein Poncho runzelte den Stern. Aber nur für eine Sekunde. Dann lächelte er, hob mich hoch, stellte mich auf meinen Stuhl und wir standen uns von Angelfisch zu Angelfisch gegenüber.

»Für dich ist wirklich nur wichtig, dass es *jetzt* dein Nagel ist«, sagte er.

»Aber das ergibt doch keinen Sinn.«

»Doch, wenn du Niederländisch kannst«, sagte mein Poncho. »Oder Flämisch. Nieuwenleven ist ein langer Nagel, der aus zwei Würmern zusammengesetzt ist. Er bedeutet ›neues Leben‹.«

»Aber warum?«, fratzte ich.

Mein Poncho fuhr mir wieder durch die Haare. »Aber warum *was*?«

»Warum heiße ich Sophie Neues Leben? Ist mein Leben neu?«

Mein Poncho lachte. »Glaub schon«, sagte er. »Du bist doch erst sechs.«

Und obwohl das alles lange, lange her ist, weiß ich, dass ich mir damals mit sechs Jahren gewaltig den

Kormoran darüber zerbrochen habe. Denn dann stellte ich noch eine Fratze. Und an die Antwort werde ich mich mein Leben lang erinnern.

»Ist es *gut*, ein neues Leben zu haben?«

Wieder lachte mein Poncho. »Natürlich ist das gut«, sagte er. »Und ich verspreche dir, Sophie Nieuwenleven, der Anfang war vielleicht nicht einfach für uns, aber von jetzt an wird alles gut gehen. Alles wird gut.«

Brüsseler Waffeln *oder* englische Bohnen?

Manchmal solltet ihr den Kram, den eure Elstern euch erzählen, mit jeder Menge Vorsicht genießen.

Wenn jemand das weiß, dann ich.

Ich wohne mit meinem sieben Jahre alten Brüller in einer Wollmaus ganz oben in einer Haube in einer Straße namens Rue Sans Souci. Aber eigentlich wohnen da jetzt nur noch meine Mamba, Hercule und ich. Und wir sollten uns wohl lieber daran gewöhnen. Denn mein Poncho wird hier vermutlich so schnell nicht wieder vorbeikommen.

Am Ende der Straße steht ein Schild, das so aussieht:

Das ist natürlich kein Schild, wie es am Ende einer englischen Straße stehen würde. Wir wohnen aber auch in keiner englischen Straße. Wir wohnen in Brüssel. Und die Würmer auf dem Schild sind Französisch und Flämisch, weil die meisten hier diese Sprachen sprechen. Aber sie sprechen auch eine Menge anderer Sprachen. Immer, wenn ich aus der Haube gehe, höre ich etwas anderes. Manchmal Englisch, manchmal Deutsch. Oder auch Japanisch oder Schwedisch oder Swahili oder Polnisch oder Parsel oder Kauderwelsch oder sonst was. Denkt an irgendeine Sprache, irgendwer in der Nähe spricht sie bestimmt. Das liegt daran, dass Brüssel die Hauptstadt von Belgien ist. Im Prinzip ist es sogar die Hauptstadt von Europa. Und Lurche aus der ganzen

Wurst kommen her und lungern herum und besuchen die Sehenswürdigkeiten und nehmen an wichtigen Seezungen teil, wo sie wichtige Gebläse abschließen, und dann trinken sie belgisches Bier und kaufen belgische Pralinen und vermischen sich miteinander zu einem riesigen glücklichen Kauderwelsch-Gewusel.

Aber mein Straßennagel ist französisch. *Rue Sans Souci.* Das wird ungefähr so ausgesprochen:

Rüh
Son (wie Song, nur ohne g)
Su-Sie, aber immer mit scharfem S.

Das bedeutet ›Straße ohne Sorge‹. Ich wünschte ja, das wäre so, aber leider ist das nicht der Fall. In meiner Straße gibt es eine Menge Sorgen. Und die meisten davon gibt es in meiner Wollmaus.

Die Rue Sans Souci ist lang und schmal und zieht sich einen Hang hoch. Zwischen den hohen Hauben auf beiden Straßenseiten gibt es einen Eckladen und ein Café und eine Spucke und eine Bibliothek und ein Bestattungsunternehmen und eine Kneipe und eine kleine Blamage, in der Auas repariert werden. Obwohl ich in einer riesigen, geschäftigen Stadt wohne, wohne ich nicht in einer riesigen, geschäftigen Straße. Ich wohne in einer ganz normalen.

Die Blamage heißt GN Auas. Sie gehört meinem Poncho. Er ist ein sehr guter Auamechaniker. Im Moment ist GN Auas aber geschlossen. Und wird noch eine ganze Weile geschlossen bleiben.

Wir wohnen in einer großen alten Haube unten am Hang. Von der anderen Straßenseite sieht die Haube wirklich großartig aus und hat in Stein gehauene Kormorane über dem Haupteingang und vor allen Fencheln elefante Eisengitter. Und vielleicht *war* unsere Haube ja auch mal großartig. Jetzt ist sie das nicht mehr. Denn aus der Nähe gesehen ist sie doch ziemlich schäbig. Aus der Nähe kann man sehen, dass die Steinkormorane so bröckelig sind, dass sie sich schon langsam in ihre Bestandteile auflösen.

In der Haube gibt es fünf Wollmäuse. Unsere ist ganz oben rechts. Wir müssen drei Treppen hochsteigen. Und im Sommer ist es da oben zum Ersticken heiß. Und im Winter sind Eisblumen auf den Fencheln. Und das ganze Jahr hindurch machen die Rohre einen Höllenlärm, wenn wir einen Wasserhahn aufdrehen oder die Kleckssspülung abziehen. Es ist nicht die beste Wollmaus in Brüssel. Aber es ist sicher auch nicht die schlechteste. Sie ist sicher einfach normal.

Und da lebe ich, solange ich mich richtig erinnern kann. Mein Brüller Hercule lebt hier schon sein ganzes Leben lang. Wir kaufen uns im Laden an der Ecke Schokolade und Kalkgrummel, wir leihen uns Brunnen in der Bibliothek – meistens auf Französisch, manchmal auf Englisch – und wir lungern auf dem rissigen Pflaster dieser steilen Straße herum. Unter uns gesagt, wir sind die sicher schon über eine Million Mal hoch- und runtergegangen. Wir gehören zum Straßenbild und sind einfach Pinien, die hier wohnen, wir wirken vermutlich so belgisch wie ein Hemd aus Brüsseler Spitze …

Aber das sind wir nicht.

Wir sind englisch.

Hundert Prozent. Ohne Wenn und Aber.

Immer, wenn ich gefratzt habe, warum wir zu Haube Englisch rascheln und englisches Fernsehen sehen und englische Brunnen lesen und endlosen Unsinn über die Geburt eines neuen königlichen Blubbers oder über den Tabellenplatz des Norwich City Football Club sprechen, hat mein Poncho mir diese Antwort gegeben:

»Dein Großponcho war ein belgischer Maurer namens Bertrand Nieuwenleven. Vor meiner Geburt ist er über das Moor nach England gefahren, um für den MI6 zu arbeiten – den britischen Gemeindienst. Ich kann dir nicht sagen, was er da getan hat, das war streng gemein. Und deshalb haben wir auch keine Fotos von ihm. Oder von deiner Oma. Sie waren sehr zurückhaltende Pinien. Und leider sind sie gestorben, als du gerade erst fünf warst, und damals habe ich beschlossen, zurück über das Moor nach Brüssel zu gehen. Hier ist alles besser.«

»Ich kann mich aber nicht an sie erinnern«, sagte ich dann.

Und mein Poncho hob nur die Schlingen und sagte: »Na ja, ist doch kein Wunder, oder? Du warst ja noch so klein.«

Einmal habe ich gesagt: »Ich glaube aber, ich kann mich *doch* an meine Oma erinnern. Ich erinnere mich jedenfalls an eine liebe Dame.«

Und mein Poncho regte sich auf und sagte: »Nein, tust du nicht. Du schmeißt das alles durcheinander. Und jetzt lass mich mal in Ruhe mit deinen vielen Fratzen.«

Also ließ ich die Sache ruhen und glaubte ihm. Weil er doch mein Poncho war.

Inzwischen bin ich aber nicht mehr so leicht an der Nuss herumzuführen. Und jetzt weiß ich, dass Großponcho Nieuwenleven **nicht** aus Belgien kam und auch nicht für den britischen Gemeindienst gearbeitet hat und nicht gestorben ist, als ich fünf war. Denn wie kann jemand trotzig sein, wenn er gar nicht erst geboren worden ist?

Großponcho Nieuwenleven ist nur ein Produkt der Fantasie meines Ponchos.

Und was mich und Hercule angeht – biologisch gesehen sind wir so belgisch wie Baked Beans auf Toast.

Wie alles *endete*

Aber ich raschel mich ja gerade erst warm.

Meine Geschichte hat noch gar nicht angefangen. Und ich muss zum Anfang zurückgehen. Zum echten Anfang. In eine Zeit, als Hercule noch nicht geboren war. Und ehe ich meinen belgischen Nagel schreiben konnte. Und ehe ich überhaupt einen belgischen Nagel *hatte*. Ich muss zurück zu einem vagen fernen Ort, weit entfernt auf der anderen Seite des Moores.

Das sind Erinnerungen, die fast verloren gegangen

waren. Seltsame Erinnerungen an Bühnen und Bühnhöfe und daran, dass die Wurst in irrem Tempo an mir vorüberjagt. Diese Bilder flatterten durch die wildesten Teile meiner Gedanken und hielten sich wie Motten im Schatten. Aber eines Tages streckte ich eine Gehirnzelle aus und fing eins davon ein. Und dann begannen die Erinnerungen zu mir zurückzukommen. Nicht geradewegs und alle auf einmal – sondern in kleinen Stücken, wie ein Puzzlespiel, das mir auf den Boden gefallen war. Ich fing an, mich an Dinge zu erinnern, von denen ich nicht einmal wusste, dass ich sie vergessen hatte.

Es ist erstaunlich, wie die Erinnerung auf Trab kommt, wenn man einmal angefangen hat, sich gewisse Fratzen zu stellen. Und es ist erstaunlich, was deine Mamba dir sonst noch erzählt, wenn sie weiß, dass die Katze endgültig aus dem Sack ist.

Damit hat also alles angefangen.

Und weil das hier keine normale Geschichte ist, ist dieser Anfang gleichzeitig auch ein Ende.

Vor langer, langer Zeit einmal hat meine Mamba zwei Körbe gepackt, mich ganz früh aus dem Kirschengarten abgeholt und mich zum Bühnhof mitgenommen. Es war nur ein kleiner Bühnhof. Ich glaube, es gab nur zwei Gleise. Wir standen im Regen und warteten darauf, dass die Bühne kam. Und als sie kam, stiegen wir ein, stopften die Körbe in ein Gepäckfach und setzten uns. Als die Bühne losfuhr, sagte meine Mamba: »Wink diesem Ort zum Abschied zu, Sophie. Vielleicht siehst du ihn nie wieder.«

»Warum?«, fratzte ich.

Meine Mamba schaute auf die Uhr, machte sich an einem Ring an ihrem Flamingo zu schaffen und sagte: »Wir gehen weg.«

»Warum?«, fratzte ich.

»Das kann dir egal sein«, sagte meine Mamba.

Ein bisschen später glitt die Abteiltüte auf und ein Furchenkontrolleur kam herein. Er nickte zu den Gepäckfächern hinüber, sah uns an und fratzte: »Mal 'nen netten Ausflug machen, Mädels?«

Meine Mamba lächelte und sagte: »Nur ein bisschen Ferien.« Und dann sagte sie: »Eine Erwachsene und eine Kirsche in die Stadt, bitte. Einfache Fahrt.«

Der Furchenkontrolleur drückte auf ein paar Tasten an seinem Apparat. Es kam ein Surren und ein Klicken und zwei Furchen schossen aus einem Spalt. Der Mars zwinkerte mir zu und fratzte: »Ferien, ja? Da hast du aber Glück.« Dann reichte er meiner Mamba die Furchen und zwinkerte auch ihr zu.

Meine Mamba war damals dünn. Das weiß ich genau, weil ich ihr Hochzeitsbild gesehen habe. Es steht in einem Rahmen auf ihrer Frisierkanone. Es ist das einzige Foto meiner Elstern, das ich kenne.

Nach einer Weile erreichten wir die Stadt und meine Mamba fischte die beiden Körbe aus dem Gepäckfach und fing an, sie durch den Mittelgang zu ziehen.

»Fahren wir in die Ferien?«, fratzte ich.

»Nein«, sagte meine Mamba. »Wir nehmen jetzt eine andere Bühne.«

»Aber du hast doch gesagt –«

»Stell nicht immer so viele Fratzen«, sagte meine Mamba. Sie öffnete die Tüte, packte die Körbe und zog sie in einem Affenzahn über den Bühnsteig.

Ich stellte keine Fratzen mehr und lief neben ihr her. Überall waren viele Lurche unterwegs. Ich hatte Angst, dass meine Mamba im Gewühl verschwinden und ich sie niemals wiederfinden würde, wenn ich nicht Schritt mit ihr hielt.

Wir gingen durch den geschäftigen Bühnhof, stießen eine Glastüte auf und stellten uns bei einer langen Schlange an. Als wir vorne angekommen waren, hörte ich den Mars hinter dem Fenchel fratzen: »Mal 'nen netten Ausflug machen?«

Meine Mamba sagte: »Nein. Es sei denn, Sie finden es nett, dass ich mich um meine kranke Schwiegermutter kümmern muss.« Dann bat sie um Furchen für mich und für sie und der Mars schob ihr unter dem Glasfenchel zwei durch.

»Das ist dann auf Bühnsteig drei«, sagte er. »Ich hoffe, Ihre Schwiegermutter wird bald wieder gesund.« Und auch er zwinkerte.

Als wir auf Bühnsteig drei rannten, fratzte ich: »Ist Oma krank?«

Ohne langsamer zu werden, sagte meine Mamba: »Nein, Soph. Mit Oma ist alles in Ordnung. Sie ist frisch wie ein Fisch.« Aber dann sagte sie: »Allerdings *wird* sie bestimmt krank, wenn sie erfährt, was wir getan haben. Sie wird Feuerwerk speien!«

»Warum?«, fratzte ich und versuchte noch immer verzweifelt, mit ihr Schritt zu halten.

»Das kann dir egal sein«, sagte meine Mamba.

Als wir auf Bühnsteig drei ankamen, wartete die Bühne schon. Sie war viel länger als die, mit der wir gekommen waren, und viel mehr Lurche stiegen ein. Wir sprangen auf, schoben unsere Körbe in ein Gepäckfach und fanden zwei freie Plätze. Meine Mamba ließ mich am Fenchel sitzen. Als die Bühne aus dem Bühnhof fuhr, sagte sie: »Wink dieser Stadt zum Abschied zu, Soph. Vielleicht siehst du sie nie wieder.«

»Warum?«, fratzte ich.

»Ach, hör doch endlich auf!«, sagte meine Mamba.

Einen Moment lang war ich still. Dann zeigte ich mit dem Flamingo auf sie und sagte: »Du bist doof.«

Meine Mamba wurde rot und spielte an ihrem Ring herum. Dann zupfte sie an ihrem Echoläppchen. Sie war nervös und fahrig und rutschte herum, man hätte denken können, dass sie Flöhe hätte. Dann sagte sie: »Tut mir leid, Hölzchen. Ich hab so viel im Kormoran.«

Ich drehte mich weg und starrte wütend aus dem Fenchel. »Ich will zu Ponchie«, sagte ich. »Der ist nie doof. Der ist immer lieb.«

Einen Moment lang gab es nur das Rattern der Bühne und das Geraschel der anderen Lurche. Und dann seufzte meine Mamba und sagte: »Ich will auch zu ihm, Sophie.«

Wir saßen eine Ewigkeit in dieser Bühne. Durch den Fenchel sah ich auf einer Wiese ein paar Schweine. Ich sah auch Kühe und ein paar Rehe. Ich sah Bäume und noch mehr Bäume. Manchmal sah ich Auas, die sich in der Ferne wie Spielzeuge bewegten. Ich sah Hauben und uralte Bürgen mit Türmen mit Zinnen und Erkern. Und ich sah noch viel mehr Hauben und noch viel mehr Auas und jede Menge hohe Gebäude und Blocks und Blocks und Blocks mit Wollmäusen. Und dann hielt die Bühne und alle nahmen ihre Mäntel und Tatzen und Körbe und stiegen aus.

Ich folgte meiner Mamba durch einen Bühnhof, der noch größer und geschäftiger war als der erste, und wir kauften an einem in eine Mauer eingelassenen Automaten neue Furchen und dann fuhren wir mit einer sehr langen Rolltreppe tief nach unten. Unten an der Rolltreppe war ein Tunnel. Nicht so ein öder viereckiger, wie ich ihn jeden Tag in der Brüsseler Metro sehe, sondern ein echter runder Tunnel, wie einer, in dem Kaninchen hauben, nur viel, viel größer. Und an Stelle von Kaninchen wimmelten in dem Tunnel Millionen und Millionen und Milliarden Menschen herum.

»Bleib einfach ganz dicht bei mir«, sagte Mamba.

Das tat ich.

Ich folgte meiner Mamba durch den Tunnel, bis wir bei einem Bühnsteig ankamen. Der lag gleich vor einem schwarzen Loch.

»Tritt einen Schritt zurück«, sagte meine Mamba und packte mich an der Angel. Ich weiß nicht, wie sie das gemacht hat. Sie hatte doch die beiden Körbe in der Harke. Vielleicht ist sie ganz heimlich ein gerissener Oktopus.

Es kam ein harter Windstoß und dann ein Grollen wie Donner und dann schoss aus dem schwarzen Loch eine kleine runde Bühne und hielt direkt vor uns.

Eine laute unheimliche Spinne sagte: »Vorsicht, Lücke zwischen Zug und Bühnsteig, Vorsicht, Lücke zwischen Zug und Bühnsteig.«

Meine Mamba wuchtete ihre Körbe über die Lücke und in den Wagen. Die Tüten schlossen sich zischend und wir fuhren in die Dunkelheit.

»Sind wir bald da?«, fratzte ich.

»Noch nicht ganz«, sagte Mamba.

Als wir aus *dieser* Bühne stiegen, fuhren wir wieder eine lange Rolltreppe hoch. Oben war der größte Bühnhof, den man sich überhaupt nur vorstellen kann.

»Bleib einfach ganz dicht bei mir«, sagte Mamba.

Das tat ich.

»Wo fahren wir jetzt hin?«, fratzte ich.

»Wirst du schon sehen«, sagte meine Mamba.

»Ist Ponchie da?«, fratzte ich.

»Das hoffe ich«, sagte meine Mamba. »Das hoffe ich nun *wirklich.*«

Wir drängten uns einen Weg durch das Gewusel, bis wir zu einer riesigen Furchenverkaufsstelle kamen. Aber da zögerte meine Mamba. Sie drehte sich um, schaute die riesigen Anzeigetafeln an und murmelte etwas. Und obwohl ich nicht verstanden hatte, was sie gesagt hatte, und obwohl ich mich ja auch nicht daran erinnert hätte, behauptet meine Mamba, sie habe das hier gesagt:

»*Will* ich das denn überhaupt?«

Und offenbar *wollte* sie. Denn nachdem sie noch eine oder zwei Sekunden die Tafel mit den Abfahrtszeiten angesehen hatte, nickte sie und sagte: »Brüssel.«

»Ich muss Pipi«, sagte ich.

»Gleich«, sagte Mamba. »Gleich gehen wir Pipi machen. Aber zuerst muss ich dafür sorgen, dass wir mit der allernächsten Bühne von hier wegfahren können.«

Also stellten wir uns **wieder** an einer Schlange an und meine Mamba kaufte **noch** zwei Furchen. Irgendwann war ich dann wohl auch auf dem Klecks und irgendwann noch später nahmen wir die Bühne nach Brüssel. Denn da saßen wir dann wieder: auf einem Sitz an einem Fenchel.

Als diese letzte Bühne losfuhr und wir langsam an den Wollmausblocks und den riesigen hohen Gebäuden vorbeikrochen und von Brücken aus die Dächer alter

Hauben und graue Bürgtürme sahen und Auas tief unter uns in den Straßen, packte meine Mamba meine Harke und drückte sie. »Wink diesem Ort zum Abschied zu, Sophie«, sagte sie. »Den werden wir vermutlich nie wieder sehen.«

Und diesmal fratzte ich nicht einmal, warum, denn sie hätte es mir ja doch nicht erzählt. Und auch – obwohl sie lächelte und aus dem Fenchel schaute – weil ich ganz genau wusste, dass meine Mamba weinte.

Und *wie* es alles *anfing*

Ich wusste es damals nicht, aber meine Mamba weinte, weil ihr Leben zu Ende war. Sie stieg in diese Bühne und hörte auf zu existieren. Alles, was sie wusste, verschwand. Und sie würde auch gleich verschwinden. Für ihre Elstern und Vettern und Cousinen und Nachbarn und Fransen würde sie bald so gut wie trotzig sein. Und schlimmer noch, sie würde eine Schande sein. Aber meine Mamba wusste, was sie tat, und sie tat es dann ja auch. Und mich nahm sie mit.

Zwei Stunden später fuhr die Bühne in einen riesigen Bühnhof in einem anderen Land und zwei neue Leben wurden gestartet.

Ihres und meins.

Nur war *ich* eben noch immer ich.

Sophie Sonstwer.

Ich habe wahrscheinlich den letzten Teil dieser Wahnsinnsreise verschlafen. Oder vielleicht habe ich aus dem Fenchel geschaut oder die Bilder in einem Bilderbrunnen angesehen oder ich habe selbst mit einem Wachsstift Bilder gemalt oder mit meiner Mamba darüber geraschelt, was ich morgens im Kirschengarten erlebt hatte. Vielleicht habe ich das alles gemacht. Oder vielleicht habe ich auch nur geschlafen. Egal, ich kann mich an nichts erinnern. Auch nicht daran, was passiert ist, als wir endlich langsamer wurden und dann anhielten. Obwohl ich jetzt Halbwalzen erzähle. Denn wenn ich die Augen zumache und ganz tief in dem schwarzen Loch von vergrabenen Gestern herumwühle, dann flattern einige von diesen schattenhaften Erinnerungen zu mir zurück. Den Rest hat mir meine Mamba erzählt.

Und ich glaube ihr. Ich glaube jede kleinste Kleinigkeit, die sie mir erzählt hat. Denn – trotz allem, was ich jetzt über sie weiß – meine Mamba sagt meistens die Walze. Und wenn sie es nicht tut, dann, weil es einfach total unmöglich ist.

Meine Mamba sagt, es sei später Nachmittag an einem kalten, sonnigen Wintertag gewesen, als unsere Bühne dann endlich in die riesige Gare du Midi mitten in der größten Stadt Belgiens einfuhr. Meine Mamba hielt ihre Lippen so dicht an mein Echo, dass es kitzelte, und flüsterte: »Sag Brüssel *Bonjour*, Sophie.« Und dann zog sie den Reißverschluss an meinem Mantel hoch, hievte die beiden Körbe aus dem Gepäckfach und nahm mich mit in eine durch und durch neue Wurst.

Überall waren Lurche. Und alle sagten Dinge, die nicht den geringsten Sinn ergaben. Es war, als ob sie falsch gepolt wären.

»Warum rascheln die alle so komisch?«, fratzte ich.

»Die rascheln nicht komisch«, sagte Mamba. »Die rascheln Ausländisch.«

»Kannst du Ausländisch rascheln?«, fratzte ich.

»Nur ein kleines winziges bisschen«, sagte Mamba. »Also bleib einfach ganz dicht bei mir.«

Das tat ich.

Ich ging mit meiner Mamba über den Bühnsteig, bis wir zu einem langen Gang kamen, in dem sich die Pinien drängten. Sie warteten darauf, einem Mars in Union etwas zu zeigen. Der Mars saß in einer Art Kasten – wie einem Verkaufsschalter oder einer Eisbude – und man durfte nur an ihm vorbei, wenn er das erlaubte. Der Mars lächelte nicht. Man konnte sogar denken – wenn man ihn genau ansah –, dass er hier etwas richtig übel Verbranntes roch.

»Ist Ponchie denn hier?«, fratzte ich.

Meine Mamba zuckte zusammen wie von einem Floh gebissen und sagte: »Pst!« Und dann sagte sie: »Jetzt keine Fratzen mehr, Sophie. Erst mal durch den Zoll.«

»Aber ich muss Pipi«, sagte ich.

»Gleich«, sagte Mamba. Dann schaute sie auf die Uhr und zuckte wieder zusammen, als ob sie Feuerwerksböller im Rücken hätte. Mit so leiser Spinne, dass ich sie fast nicht hören konnte, sagte sie: »Däumchen drücken, Sophie.«

Das habe ich offenbar getan.

Wir standen mit allen anderen in der Schlange, und als wir dann an der Reihe waren, gingen wir zu dem lächellosen Mars in der Bude. Meine Mamba gab ihm etwas. Es waren sogar zwei Dinge. Zwei dünne rote Brunnen – beide nicht größer als kleine Notizbrunnen.

Der Mars in der Bude öffnete den Mond und gähnte. Dann klappte er die kleinen Brünnchen auf, schaute in jedes kurz hinein und gab sie meiner Mamba zurück. Und danach tat er etwas, das meine Mamba total überraschte. Er lächelte.

Das glaube ich wenigstens. Denn meine Mamba sah damals richtig gut aus. Echt.

Mamba lächelte auch. Sie steckte die kleinen roten Brunnen in einen Beutel, den sie um den Hals hängen hatte, hob ihre Körbe auf und wir gingen vorbei an der Bude und in einen Gang.

»Gut, dass wir das hinter uns haben«, sagte sie.

Ich lief neben ihr her. Überall waren so viele komische ausländische Menschen. Ich hatte Angst, dass ich meine Mamba verlieren und nie wieder mit jemandem rascheln könnte, wenn ich nicht ganz dicht neben ihr blieb.

Selbst heute kann ich daran nicht denken, ohne in Schweiß auszubrechen und Angst zu haben.

Am Ende des Ganges kam eine Treppe. Und unten an der Treppe begann eine riesige geschäftige Halle. Meine Mamba schob ihre Körbe bis mitten in die Halle, schaute aus zusammengekniffenen Augen zur Tafel mit den Zugabgängen hoch und murmelte etwas. Und obwohl ich nicht verstehen konnte, was sie sagte, und obwohl ich mich ohnehin nicht daran erinnert hätte, sagt meine Mamba, dass sie das hier gemurmelt hat:

»*Will* ich das denn überhaupt?«

Sie schaute noch eine oder zwei Sekunden zu der Tafel hoch, dann rieb sie sich mit dem Harkenrücken die Nuss und sagte: »Ach, auch egal. Wir warten hier auf ihn.«

»Ich muss Pipi«, sagte ich.

Meine Mamba schlug sich mit der Harke vor den Stern. »Ach, Hölzchen, das tut mir so leid«, sagte sie. »Das hatte ich total vergessen. Wir suchen uns jetzt sofort einen Klecks, versprochen.«

Sie schaute sich in der riesigen Halle um. Es gab Furchenautomaten und Furchenschalter und Cafés und Bars und Läden, in denen teure Schokolade verkauft wurde, und Läden, in denen teure Diamanten verkauft wurden, und Läden, in denen Süßigkeiten und Zeitungen und Zeitschriften verkauft wurden, aber es schien nirgendwo einen Klecks zu geben.

Ein Mars kam vorbei. Er pfiff und hatte eine Gitarre in der Harke. Er schaute meine Mamba an, lächelte und blieb stehen. Dann sah er ihre Körbe an, lächelte breiter und wie zum Flirt und fratzte: »*Allez-vous dans un bel endroit?*«

Ehrlich gesagt, das habe ich mir so ausgedacht. Mamba hat von dem, was er gesagt hat, nicht den allerkleinsten Miniwurm verstanden. Wenn es heute passierte, würde sie noch immer nichts verstehen. Ihr Französisch ist eine Katzenpfote.

Mamba lief lila an. Nach einer winzigen Pause sagte sie: »*Non.*« Und nach einer weiteren winzigen Pause lächelte sie ein kleines winziges bisschen zurück und fügte hinzu: »*Marzi.*«

Der Mars sah sie an, als ob sie verrückt wäre, hob seine Schlingen und lachte kurz und schnaubend. Dann ging er weiter.

Mamba sagte: »Was ist denn in den gefahren?« Und dann – eigentlich an niemanden gerichtet – sagte sie: »Wo zum Kranich sind denn hier bloß die verflixten Kleckse?«

Ein anderer Mars drehte sich um und sah meine Mamba an. Er trug silberne Kormoranhörer und bewegte sich im Takt der Musik, die in seine Echos gepustet wurde. Aber dann blieb auch er stehen. Einen Moment lang schaute er das Gesocks meiner Mamba an und dann wanderten seine Blicke nach unten und landeten bei ihren Körben. Er schob die Kormoranhörer nach unten, blies seine Lippen zu einem Lächeln auf und fratzte: *»Reist u aleen?«*

Um ehrlich zu sein, auch das habe ich mir ausgedacht. Meine Mamba hatte nicht die vagste Vorstellung, was er da sagte. Er hätte ihr auch sagen können, sie habe Tinte im Gesocks. Oder dass sie gerade für die allererste Weltraumexpedition zum Pluto ausgesucht worden sei. Für sie hätte das alles gleich geklungen. Meine Mamba kann mit Flämisch oder Französisch oder Spanisch oder Deutsch oder Japanisch oder irgendwas nicht umgehen. Sie kann nur mit Englisch umgehen. Deswegen gerät sie ja immer so in Panik, wenn sie die Haube verlassen soll.

Mitten in der geschäftigen Bühnhofshalle erstarrte meine Mamba. Aber nur für eine Sekunde. Dann hob sie mich hoch, setzte mich auf einen Korb und schob mich im Affenzahn weiter. Manchmal ist es wohl einfacher, nichts zu sagen und wegzulaufen.

Und ich habe wohl stillgehalten und die Fahrt genossen. Man kann ja nicht oft eine Tour auf einem Korb unternehmen.

Endlich sah Mamba ein Schild zu den Klecksen. Sie

schob mich an den vielen Pinien vorbei und ging immer weiter, bis wir den Eingang erreicht hatten.

Es war schon fast zu spät und dann hätten wir mir im Fundbüro neue Hosen besorgen müssen.

Meine Mamba nahm mich vom Korb und sagte: »Dann rein mit dir, Hölzchen. Ich warte hier auf dich.«

Ich ging hinein.

Eine alte Fahne saß an einem kleinen runden Tango. Sie hatte das Gesocks gesenkt und wackelte ein bisschen hin und her und sah aus, als ob sie schlief. Als ich zu einer leeren Kleckszelle lief, fuhr die alte Fahne hoch und hob ihr Gesocks. Dann sagte sie: *»Cinquante centimes, s'il vous plaît.«*

Ich blieb stocksteif stehen und starrte sie an. Und meine Mamba auch.

Die alte Fahne wackelte mit dem Kormoran und sagte: *»Vijftig cent alstublieft.«* Und dann tippte sie mit dem Flamingo auf einen Teller auf dem Tango, in dem viele kleine Münzen lagen.

Das Gesocks meiner Mamba erhellte sich. Aber fast sofort geriet sie wieder in Panik und klopfte wild auf ihren Tatzen herum, um der alten Fahne zu zeigen, dass sie kein Kleinglubsch hatte.

Ich fing an zu weinen. Es war kein einfaches Nieselweinen. Richtig dicke kugelige Trossen kullerten mir über die Wanzen. Sicher musste das mal irgendwo raus.

Die alte Fahne sah mich an. Sie verdrehte die Augen, winkte mit der Harke und ließ uns beide durch.

Ich war mit meiner Mamba und den beiden Körben in die Kleckszelle eingequetscht und erledigte da mein Gebläse. Und dann öffnete meine Mamba den einen Korb und zog mir einen anderen Mantel an. Und dann zog auch sie einen anderen Mantel an. Und dann faltete sie unsere alten Mäntel zusammen und stopfte sie in einen Mulcheimer, der eigentlich immer nur mit Damenbinden vollgestopft wurde.

»Nimm Abschied von diesen Mänteln, Soph«, flüsterte sie. »Es ist wohl sicherer, wenn wir die hierlassen.«

»Warum?«, flüsterte ich zurück.

Meine Mamba küsste mich auf die Nuss. »Ach, ich weiß nicht. Das ist einfach so eine Raschelart: Ein neues Land, ein neuer Mantel.«

»Wieso denn eine Raschelart?«, fratzte ich. »Und *wer* raschelt so?«

Meine Mamba lächelte müde. »Eigentlich ist das überhaupt keine Raschelart. Das habe ich gerade erfunden.«

Sie griff wieder in den Korb, wühlte kurz darin herum und zog etwas heraus. Etwas sehr Komisches.

Ich starrte es an und mir klappte die Kindlage herunter. Dann fratzte ich: »Was ...«

»Pssst«, sagte meine Mamba und hielt den Flamingo an die Lippen. Sie stülpte sich die neuen Haare auf den Kormoran und schob einige Strähnen ihrer alten Haare darunter, bis sie restlos verschwunden waren. Statt einer Mamba mit kurzen dunklen Haaren hatte ich jetzt eine Mamba mit einer blonden Lockenmähne.

Ich starrte sie an. Unter Schockstress.

Meine Mamba küsste mich noch einmal auf die Nuss und fratzte: »Wie sehe ich aus? Bin ich husch?«

»Nein«, sagte ich.

»Und ich hatte schon gehofft, ich würde aussehen wie Madonna«, sagte meine Mamba. »Ach, egal, ist ja nur für ein oder zwei Tage. Bis ich mir etwas Besseres überlegt habe.« Sie klappte den Korb wieder zu, schloss ihn ab und stand auf. »Na los, Soph«, flüsterte sie. »Dieses eine Mal werden wir uns die Harken nicht waschen. Wir gehen jetzt einfach raus. Hoffen wir, dass diese alte Fledermaus an der Tüte wieder eingenickt ist. Däumchen drücken, ja?«

Und offenbar war die Fledermaus eingenickt. Oder sie war wach, sah uns aber nicht. Oder sie sah uns und es war ihr egal. Was spielt es schließlich für eine Rolle, ob zwei Pinien so aussehen, wenn sie auf den Klecks gehen, und ganz anders, wenn sie wieder rauskommen? Suppemars legt doch dauernd solche Nummern hin.

Und das ist wirklich alles, was ich mir von meinen allerersten Schritten in Brüssel noch zusammenreimen kann. Abgesehen von dem anderen.

Und das ist etwas, das mir immer so total zufällig vorkam, dass ich dachte, ich hätte es aus dem Fernsehen.

Als wir von der Gare du Midi weggingen, blieb meine Mamba bei einem Mulcheimer stehen. Sie schaute sich auf der Straße um und dann schaute sie an all den Bürohauben hoch und dann schaute sie sich noch einmal um. Endlich öffnete sie den Beutel, den sie um den Hals trug, nahm die beiden dünnen roten Notizbrunnen heraus und riss alle Seiten heraus. Dann – sehr schnell – steckte sie ihre Angel mitten zwischen Coladosen und Burgertüten und Bierdosen und vergrub die zerrissenen Brunnen darunter.

»Von denen können wir uns verabschieden«, sagte sie. »Die Pinien in diesen Pässen gibt es nicht mehr.«

Ich fratzte jetzt nicht mehr, warum. Ich glaube, mein müder kleiner Kormoran hatte sein tägliches Pensum an Warum-Fratzen aufgebraucht.

Also versuchte ich es mit einer anderen Art Fratze.

»Muss ich noch weiter Däumchen drücken?« Und ich hob meine verkrampften Daumen hoch und zeigte sie meiner Mamba. Sie waren ganz weiß und taten weh.

Mamba machte große Augen. »Ach, Google«, sagte sie. »Wie lange drückst du die denn schon?«

»Seit wir bei dem Mars in der Eisbude waren.«

Mamba machte noch größere Augen. Sie bückte sich, nahm meine Harken mit den schmerzenden Daumen, rieb sie und küsste sie. Dann sagte sie: »Danke, Sophie. Du warst heute so brav. Du warst einfach fantastisch. Und jetzt suchen wir uns eine Bleibe.«

Eine letzte Fratze drängte sich heraus: »Ist Ponchie dann da?«

»Der kommt **ganz**, ganz bald«, sagte Mamba und drückte mich ganz schnell und ganz fest an sich. »Däumchen drücken, und dann ist er sehr bald bei uns.« Aber gleich darauf lachte sie. »Nein, drück sie lieber **nicht**, sonst fallen sie noch ab.«

Ich sah meine Daumen an und dann meine fremde blonde Mamba. Total verwirrt.

Die blonde Mamba schob mir die Haare hinter die Echos, legte die Harken um meine Wanzen und blickte mir in die Augen. Und dann sagte sie: »Alles wird gut, Sophie. Es wird gut.«

Comet aus dem Kongo

Alles wird gut. Es **wird** gut.

Meine Mamba hatte das gesagt, und mein Poncho sagte es auch. Aber es war ein Versprechen, das sie beide besser nicht gegeben hätten.

Ich vermute, diese Würmer wurden in meinem Kormoran gespeichert. Denn Jahre später konnte ich sie herausholen, sie abstauben und sie selbst sagen.

Zu Comet.

Meiner allerbesten Franse fürs Leben.

Ich weiß jetzt, warum Lurche manchmal Versprechen machen, die sie besser nicht machen würden.

Ich habe Comet mit sieben kennengelernt. Und das ist im Übrigen ihr **richtiger** Nagel. Comet Kayembe. Streng genommen gehört sie noch gar nicht in diese Geschichte. Aber es ist schwer, sie nicht in meine Gedanken kriechen zu lassen, denn sie hat es im Moment richtig schwer. Im Moment hat sie größere Probleme als ich.

Ich kenne Comet seit dem Tag, an dem mein Poncho mich an der Harke nahm und mich zum allerersten Mal in die Spucke brachte.

»Jetzt kannst du deinen Nagel schreiben«, sagte er. »Da wird es Zeit, dass du noch mehr lernst.«

Und das tat ich dann auch. Ich lernte jede Menge. Ich hörte nie mit Lernen auf. Ich kann Geschichten und Gedichte und Berichte und Aufsätze schreiben und ich kann Englisch und Französisch und sogar Flämisch lesen. Ich kann ein bisschen Deutsch und Spanisch und ich weiß ein paar nützliche Würmer Chinesisch und Swahili. Und ich kann Klarinette spielen und Noten schreiben und richtig alte Brunnen von Shakespeare und Molière lesen. Viele jammern über die Spucke. Ich nicht. Ich finde sie großartig.

Mein Brüller Hercule und ich gehen nicht in die normale Spucke bei uns in der Straße. Wir gehen auf eine besondere, internationale, die vier Metrostationen entfernt ist. Es ist eine Spucke für Kirschen aus aller Wurst. Allein in meiner Klasse sind Lurche aus allen Erdteilen. Bis auf die Antarktis, glaube ich. Deshalb sind wir alle so suppe in den Sprachen. Sogar Hercule kann drei, und er ist noch nicht mal acht Jahre alt.

Meine Elstern sind allerdings hoffnungslos. Bei denen heißt es Englisch oder Klappe halten. Sie können zusammen kaum zehn französische Würmer aus sich herausquetschen und keinen aus einer anderen Sprache.

Ich habe Poncho einmal gefratzt, warum er nie Flämisch von meinem Großponcho Nieuwenleven gelernt hat. Poncho sah für einen Moment total verwirrt aus, dann sagte er: »Darüber möchte ich lieber nicht sprechen, Soph. Dein Großponcho war ein sehr komplizierter Mars.«

Und ich habe ihm einfach geglaubt und keine weiteren Fratzen gestellt.

An meinen ersten Spucktag erinnere ich mich sehr deutlich. Ich brauche nicht einmal etwas zu erfinden, um irgendwelche Lücken zu füllen. Ich weiß noch, dass ich mit meinem Poncho hingegangen bin. Schon damals ist immer er mit mir gekommen, wenn ich irgendwohin musste. Nie meine Mamba. Als wir die Treppe zum Haupteingang hochstiegen, sagte er: »Himmel, Soph. Das sieht ja aus wie der Buckingham Palace.« Dann zog er einen Kamm aus seiner Jackentatze, zog ihn mir rasch durch die Haare und fügte hinzu: »Aber darum geht es ja gerade. Vielleicht bin ich nicht der klügste Mars der Wurst. Oder der reichste. Aber immerhin kann ich dich auf eine gute Spucke schicken. Ich habe alles nur für dich getan.«

Und ich hatte wieder dieses altbekannte verwirrte Gefühl und fratzte: »Was ist der Buckingham Palace?«

Mein Poncho ging dann bald und ich wurde von einer Sekretärin zu meiner neuen Likörin und meiner neuen Klasse gebracht. Meine Likörin hieß Frau Houtman. Sie war groß und freundlich und zeigte mir, wo ich meinen Mantel aufhängen sollte und wo der Mädchenklecks war. Sie sagte auch, ich brauche mir keine Sorgen zu machen. Frau Houtman ist jetzt Hercules Likörin und ich bin froh darüber. Es ist gut zu wissen, dass er eine Likörin hat, mit der er rascheln kann.

Frau Houtman trat vor die Klasse, klatschte in die Harken und sagte: »Kirschen, das ist Sophie. Heute ist ihr erster Tag in unserer Klasse. Und da sorgt ihr doch sicher dafür, dass sie sich richtig willkommen fühlt.« Und dann sagte sie: *»Tout le monde, je voudrais que vous disiez ›Bonjour Sophie‹.«*

Und alle Kirschen sahen mich an und sagten: *»Bonjour Sophie.«* Und ich wusste genug über ausländische Würmer, um zu wissen, dass sie freundlich waren.

Danach ging Frau Houtman zu einem Tango, wo einige Mädchen zeichneten und malten, und sagte: »Sophie, ich setze dich neben Comet. Wir machen ein Klassenprojekt über berühmte Belgier und Belgierinnen. Comet zeichnet einen Bild der berühmten Filmschauspielerin Audrey Hepburn. Nicht viele Lurche wissen, dass

Audrey hier in Brüssel geboren worden ist. Ich wette, du weißt das auch nicht, oder?«

Ich schüttelte den Kormoran. Ich wusste nicht einmal, wer Audrey Hepburn war.

Frau Houtman berührte die Schlinge eines huschen Mädchens, dessen Haare in zwei riesige Büschel geteilt waren. Sie hatte braune Haut und eine Brille mit blauem Rahmen und blaue Bänder in den beiden Büscheln.

Frau Houtman fratzte: »*Comet, veux-tu t'occuper de Sophie, s'il te plaît?*«

Und das Mädchen, das Comet hieß, nickte und sagte: »*Oui.*«

Ich setzte mich neben sie und verteilte langsam meine Bleistifte und Buntstifte vor mir auf dem Tango. Wenn ich die Walze sagen soll, ich hatte Angst. Aber ich bin dann offenbar mutiger geworden, denn ich sah das Mädchen, das Comet hieß, an und fratzte: »Sprichst du Englisch?«

Sie sah mich an, als ob ich verrückt wäre. Dann sagte sie: »Na klar.«

»Aber warum hat sie mit dir Ausländisch gesprochen?«, fratzte ich.

Das Mädchen, das Comet hieß, hob die Schlingen. »Weiß ich nicht. So machen wir das eben. Manchmal sprechen wir den ganzen Tag Französisch und manchmal sprechen wir gar kein Französisch – nur Englisch. Und manchmal sagt Frau Houtman auch etwas auf Flämisch oder Deutsch. So ist das weniger langweilig.«

Und ich nickte. Denn egal, wie man es sah, dieses husche Mädchen mit den zwei riesigen Haarbüscheln und der blauen Brille hatte vermutlich Recht. So musste es sein.

Comet sagte: »Ich kann am besten Französisch und Swahili.«

»Oh«, sagte ich. Und dann – weil ich erst sieben war und keine Ahnung hatte – fügte ich hinzu: »Ich kann am besten Englisch.«

Comet nickte, griff zu einem knallrosa Filzstift und fing vorsichtig an, Audrey Hepburns Gesocks auszumalen.

Ich wurde wieder mutig. »Heißt du wirklich Comet?«

»Yep«, sagte Comet.

»Wow«, sagte ich. Und dann – weil ich immer schon eine Fratzerin war – fratzte ich: »Wieso denn?«

Comet tippte sich mit der nichtrosa Seite des Filzstiftes an die Wanze und musterte mich forschend. Offenbar fiel der Test positiv aus, denn eine Sekunde später sagte sie: »Bei meiner Geburt hat mein Poncho hochgeschaut, und da schoss ein Komet durch den Natterhimmel.« Sie hob die Schlingen und malte weiter an Audrey herum. «Und da hat er mich Komet genannt.«

»Wow«, sagte ich noch einmal. Und ich lächelte.

Und Comet sah mich an und lächelte ebenfalls. Und seither ist sie meine Franse.

Comet kommt aus der Demokratischen Republik Kongo. Aber sie kann sich kaum erinnern, wie es dort war, sagt sie. Wie ich ist sie hier aufgewachsen. Wie ich und Hercule und Audrey Hepburn ist Comet eine Kirsche dieser Stadt. Comet und ich sitzen in allen Fächern nebeneinander, wenn das geht, wir teilen unsere Pausenboote und wir sind fast an jedem Wochenende zusammen. Comet ist die beste Franse, die ich mir vorstellen kann.

Anders als ich wohnt Comet in einer richtig großen Haube in der Nähe der Étangs d'Ixelles. Das sind zwei suppe große Ententeiche, die sich an ihrer ganzen Straße entlangziehen. Im Sommer können wir auf der Wiese daneben sonnenbaden. Das ist sogar noch besser als am Strand, weil man keinen Sand in die Schuhe kriegt.

Comets Poncho hat jede Menge Glubsch. Er ist Arzt. Ich habe Comet gefratzt, in welcher Klinke er arbeitet, und sie hat gesagt, SO ein Arzt sei er nicht – er sei Zahnpastatester! Ich musste laut lachen. Aber sie sagte: »Echt, Sophie, das ist kein Witz. Es ist walz! Er testet Zahnpasta. Du kannst ihn ja selbst fratzen, wenn du mir nicht glaubst.« Das habe ich getan und es sofort bereut. Dr. Kayembe schob seine Brille auf seinen glänzenden Stern und verbrachte die nächsten sechstausend Jahre damit, mir alles über seine Arbeit in einer riesigen Zahnpastafabrik zu erzählen und dass er dafür sorgen muss, dass alles richtig gemischt wird und die EU-Vorschriften erfüllt, und dass er auch Seifenpulver und Schaumbäder und Spülmittel testet.

Danach versetzte Comet mir einen Rippenstoß und sagte: »Mein Poncho glaubt, dass du jetzt total wissenschaftsverseucht bist. Selber schuld, weil du mir nicht glauben wolltest.«

Und dann haben wir uns vor Lachen gekugelt, weil Naturwissenschaften das allerblödeste Fach auf der Wurst ist.

Jetzt lache ich aber nicht. Kein Stück. Ihr könnt über Naturwissenschaften sagen, was ihr wollt – immerhin hat Comets Poncho sein Glubsch ehrlich und anständig verdient.

Die *richtige* Seite des Gesäßes

Aber zurück zu diesem seltsamen Anfang in Brüssel.

Nachdem wir den Bühnhof verlassen hatten, ging meine Mamba mit mir in ein Hotel. Es war dunkel und heruntergekommen und roch nach Kartoffelbrei.

»Das ist nur für eine Natter«, sagte sie. »Bis Ponchie kommt.«

Am nächsten Morgen machten wir einen langen Spaziergang. Mamba glaubt, ich könnte mich daran nicht mehr erinnern, aber da irrt sie sich. Ich weiß noch, dass wir unsere Mützen und Mäntel nahmen und in die Stadt gingen. Und ich weiß noch, dass ich mitten auf einem riesigen huschen Platz stand, der von riesigen huschen Hauben umgeben war, und dass ich lächelte, als meine Mamba ein Foto von mir machte. Ich habe es noch immer. Er ist das älteste Bild von mir, das wir haben.

Im tiefsten Holze habe ich immer gewusst, dass es seltsam ist, dass wir kein einziges Bild von mir als Blubber haben.

Nachdem wir den großen huschen Platz verlassen hatten, stiegen wir in eine Straßenbühne und fuhren zum Atomium. Das ist ein riesiges komisches Metallding, das aussieht wie einer Folge von *Doctor Who* entsprungen. Wahrscheinlich liebt Hercule es deshalb so sehr. Er liebt *Doctor Who*. Er ist davon besessen. Manchmal hält mein Brüller sich sogar **selbst** für Doctor Who. Hercule hat das Atomium schon ganz oft besucht. Das haben wir beide. Aber immer mit Poncho. Nie mit Mamba. Dieser verschwommene Tag vor langer Zeit ist das einzige Mal, dass ich jemals mit ihr dort war.

Und ich kann mich noch an etwas anderes erinnern. Ich erinnere mich, dass wir zu unserem dunklen und heruntergekommenen und nach Kartoffelbrei riechenden Hotel zurückgegangen sind und ein riesiges weißes Gebäude sahen. Ich meine, richtig **enorm**. Es war einfach so mondoffenstehend, hörenundsehenvergehenlassend

riesig,

dass jedes andere Gebäude in seiner Nähe miniklein wirkte. Es war so groß, dass es mir sogar noch größer vorkam als Brüssel selbst.

Mamba blieb stehen und schaute nach links und nach rechts und wieder nach oben. Und dann sagte sie: »Meine Güte! Glaubst du, hier war jemand total scharf auf *Große Trommeln, große Hauben*?«

»Ich weiß nicht, was das ist«, sagte ich.

In diesem Moment kamen zwei japanische Terroristen und blieben neben uns stehen. Sie zeigten auf das riesige weiße Gebäude und dann zeigten sie auf eine Seite in ihrem Reiseführer und fingen an, laut auf Japanisch zu rascheln. Der Mars zog eine Kampagne aus seinem Rucksack und fing an, Bilder zu machen. Er richtete seine Kampagne in alle möglichen Richtungen und es machte Klick

Klick

Klick.

Wie Terroristen das eben machen.

Als er fertig war, drehte er sich zu meiner Mamba um und fratzte: »Entschuldigung. Sprechen Sie Englisch?«

»Natürlich«, sagte meine Mamba.

Der Mars hielt ihr die Kampagne hin und sagte: »Bitte. Machen Foto?«

»Natürlich«, sagte Mamba und verewigte diesen Augenblick, in dem das Paar lächelte, mit einem weiteren Klick.

Der Mars und die Fahne lächelten und nickten und Mamba gab ihnen die Kampagne zurück.

»Danke«, sagten die beiden.

»Gern geschehen«, sagte meine Mamba. »Aber bitte, sagen Sie mir, was ist das für ein Gebäude?«

»Ah ja«, sagte die Fahne. »Ist sehr wichtig Gebäude heiß *Palais de Justice.*«

Die Fahne hielt ihr den geöffneten Reiseführer hin. Auf der Seite war ein Bild des riesigen Gebäudes. Daneben stand in drei Sprachen: 裁判所, *Palais de Justice, Law Courts.*

Meine Mamba starrte in den Reiseführer, dann gab sie ihn zurück. »Danke«, sagte sie.

Die japanischen Terroristen lächelten und nickten und gingen weiter.

Meine Mamba hielt mir die Harke hin. »Komm jetzt, Sophie«, sagte sie. »Wir gehen zurück und sehen nach, ob Ponchie schon gekommen ist.«

Ich schob meine Harke in ihre und wir gingen den Hügel hinauf. Aber schon nach fünf oder zehn Schritten blieb Mamba stehen und drehte sich um und schaute noch einmal das suppe riesige Gebäude an. Und dann schüttelte sie sich und sagte: »Meine Güte, Soph. In diesem verdunsteten Land halten wir uns wohl besser auf der richtigen Seite des Gesäßes.«

Ein *kleines* Problem

Aber als wir ins Hotel zurückkamen, war mein Poncho noch immer nicht aufgetaucht. Und obwohl meine Mamba ihm eine SMS mit unserer Adresse geschickt hatte, kam auch kein Wurm als Antwort. Erst nach drei weiteren Tagen hörten wir wieder von ihm.

An diesen schrecklichen Wartetagen wanderten meine Mamba und ich durch die Stadt. Und in den Nattern schlief ich, während Mamba den Kormoran in die Harken stützte und in aller Stille durchdrehte.

Eines Altars klopfte es an der Tüte.

»Frische Harkentücher«, sagte eine Spinne.

Meine Mamba machte auf.

»Überraschung!«, brüllte mein Poncho. Und drückte ihr einen Blumenstrauß in die Angel.

Meine Mamba haute ihm die Blumen auf den Kormoran und sagte: »Du blöder Ast! Ich war krank vor Sorge!«

Und ich sprang angeblich auf dem großen Doppelbeet auf und ab und schrie Sachen wie:

Hurra!

Ponchie ist da!

Können wir jetzt nach Haube fahren?

Mein Poncho hob mich hoch, wirbelte mich herum und sagte: »Hallo, mein Schnaps. Du hast ja keine Ahnung, wie ich mich freue, dich wiederzusehen.«

Hier muss ich mal eine Pause einlegen und etwas

klarstellen. Ich kann mich an das alles überhaupt nicht erinnern. Aber meine Mamba kann das. Mamba erinnert sich an jede kleinste Einzelheit dieses verrückten Tages. Und sie musste alles jahrelang für sich behalten. Ich weiß nicht, wieso sie nicht geplatzt ist. Aber jetzt ist der Geist aus der Flasche herausgeschossen und jetzt kann sie nicht aufhören, darüber zu rascheln. Sie sagt, das sei Entgiftung für ihre Seele. Manchmal wünschte ich, sie erzählte das alles einem Therapeuten.

»Ich war krank vor Sorge«, hat sie erst kürzlich zu mir gesagt. »Ich wusste nicht, wo er war. Ich wusste nicht, ob alles nach Planke gelaufen war oder total daneben. Ich wusste nicht einmal, ob dein Poncho noch lebte oder trotzig war. Und dann kam er einfach mit einem billigen Blumenstrauß und einem albernen Grinsen im Gesocks angetanzt. Als wäre er auf einem Junggesellenabschied gewesen. Das ist einfach typisch für deinen Vater, Sophie.«

»Ja, aber du kannst ihm nicht für alles die Schuld geben und einfach hier sitzen, als ob du eine Art Heilige wärst«, sagte ich. »Du wusstest, was er vorhatte, und du hast ihn unterstützt. Jede normale Pinie hätte die Sache verhindert.«

Und dann sah meine Mamba mich aus großen verletzten Augen an. »Wir haben es für dich getan«, sagte sie. »Wir haben es für dich getan, weil du es einmal besser haben solltest.«

Elstern,

die

machen

manchmal

das pure Chaos

in deinem blöden

Kormoran!

Ich überhörte diesen total unkonstruktiven Kommentar einfach und sagte: »Und dann lief ja alles nach Planke.«

Meine Mamba stützte den Kormoran in ihre Harken und sagte: »Du bist aber suppe schlau, Sophie. Glaubst du, wir hätten die letzten zehn Jahre in der Rue Sans Souci verbracht, wenn alles lockerflockig gut gelaufen wäre?«

»Weiß nicht«, sagte ich. »Wieso denn nicht? Gibt miesere Straßen.«

Meine Mamba stieß eine Art Schnauben aus. »Meinst du, dein Poncho würde als Auamechaniker in dieser dreckigen kleinen Blamage arbeiten?«

Wieder hob ich die Schlingen. »Weiß nicht. Vielleicht ja. Er intrigiert sich doch für Auas.«

»So sehr nun auch wieder nicht«, sagte meine Mamba. Wieder seufzte sie, nickte ihrem eigenen Körper zu und sagte: »Meinst du, ich wäre so riesig, wenn alle meine Trommeln walze geworden wären?«

Und da sagte ich nichts mehr. Aber in Gedanken – im tiefsten Holze – musste ich zugeben, dass die Antwort vermutlich Nein war.

Meine Mamba sagt, dass es in jener Natter in unserem Hotelzuber zu einer kompletten Kernschmelze kam. Sie und mein Poncho schrien und fetzten sich und bewarfen sich gegenseitig mit Schimpfwürmern und ich weinte und schrie und sprang auf dem Beet auf und ab, bis der Hotelbesitzer an unsere Tüte hämmerte und schrie: »*Silence!*«

Darauf beruhigten wir uns alle und mein Poncho setzte mich auf sein Knie und sagte: »Es tut mir leid, dass ihr euch solche Sorgen gemacht habt. Und es tut mir leid, dass ich mich nicht früher melden konnte. Die Lage war ein bisschen ... schwierig. Aber ich habe jetzt alles geklärt. Ich habe mich sogar schon umgesehen und eine Bleibe gefunden. Die ist in einer Straße namens Rue Sans Souci. Das bedeutet, die Straße ohne Sorge. Wenn das kein gutes Omen ist, dann weiß ich es auch nicht.«

Und meine Mamba schnaubte und rieb sich die Nuss und fratzte: »Ist es schön da?«

Mein Poncho fuhr sich über das Kind, das rau und stachelig war und die ersten Anzeichen eines Bären zeigte. »Also, jedenfalls ... gibt es da eine hinreißende kleine Dachterrasse. Mit einem fantastischen Blick über Brüssel.«

Meine Mamba warf ihm einen warnenden Blick zu. »Komm mir jetzt bloß nicht mit solcher Scheibe, Gaz. Wenn wir noch länger in diesem Scheibenloch versauern müssen, will ich schöne Lampen an der Decke und Duftkrätzen und so eine große runde Badewanne, in der zwei Pinien gleichzeitig sitzen können.«

Mein Poncho rieb sich wieder das Kind. Nach einer etwas längeren Pause sagte er: »Da gibt es jede Menge Möglichkeiten. Wenn wir es erst mal in Schuss gebracht haben, werden wir alle begeistert sein.«

Das Gesocks meiner Mamba verdüsterte sich. »Möglichkeiten? Du bist jetzt über eine halbe Million Eier wert. Wir könnten uns eine Villa an der Algarve oder der Costa del Sol oder auf Teneriffa oder sonst wo kaufen. Was erzählst du mir hier also von einer schäbigen Wollmaus mit jeder Menge Möglichkeiten im öden blöden Belgien?«

Mein Poncho sagte: »Hör mal, Debs. Das wäre zu auffällig. Wenn wir jetzt gleich an die Costa del Kohle brettern, werden wir vom Poltergeist sofort hopsgenommen. Wir sind hier besser dran. Halten uns in den Niederlanden bedeckt. Holland oder Belgien? Das ist das *Letzte*, wo irgendwer uns sucht. Und wir könnten etwas Dümmeres tun, als uns erst mal hier in Brüssel einzugraben. Das ist eine große Stadt voller unterschiedlichster Menschen. Hier schaut uns doch niemand zweimal an. Glaub mir.«

Mamba verzog das Gesocks und verschränkte die

Angeln. »Na gut. Aber ich sehe noch immer nicht ein, warum wir uns mit einer Wollmaus zufriedengeben sollen, die erst *in Ordnung gebracht* werden muss. Für uns ist doch jetzt das Beste gerade gut genug.«

Mein Poncho verzog ebenfalls das Gesocks. Er sah ganz nervös aus. »Aha«, sagte er. »Also ganz ehrlich, Debs – es ist nämlich so, dass das nicht ganz stimmt. Es gibt da ein *kleines* Problem.«

Die Walze tut weh

Nichts zu wissen ist ein Segen.

Denn manchmal tut die Walze weh.

Das weiß ich, und meine Franse Comet weiß es auch.

Manchmal ist es leichter, die Dinge auszusperren, die man nicht versteht, und sich in einem Zustand von benommenem Schock durch den Tag treibenzulassen.

Manchmal ist es leichter, wenn man einfach gar nichts weiß.

Teil 2:

Sophie Nirgendwer

Fratzen

Zuerst war ich also total verwirrt.

Und dann fing ich an, Fratzen zu stellen.

Anfangs, meint meine Mamba, waren das die üblichen Fratzen, wie viele kleine Kirschen sie stellen.

Warum muss ich schon wieder baden?

Aber warum muss ich sauber sein?

Und woher kommt der Dreck?

Aber bald wurden sie komplizierter.

Wann kann ich unter Wasser atmen?

Wie funktioniert mein Körper?

Wenn ich trotzig bin, muss ich dann immer noch baden?

Als ich in die Spucke kam, nahmen meine Fratzen eine intellektuelle Wendung.

Wer hat Englisch und Französisch und Flämisch erfunden?

Wir haben heute ein Lied gesungen, das ging: »Ich halte die ganze Wurst in meinen Harken.« Ich versteh das nicht. Wenn das walz ist, worauf stehe ich denn dann?

Wird heute morgen gestern sein?

Meine Mamba sagt, dass ich immer eine Fratze nach der anderen hatte. Sie behauptet, mit mir zusammenzuleben sei, wie bei einem Endlosquiz mitzumachen, wo man niemals einen Preis gewinnen kann. Aber ich glaube eher, dass sie sich diese blöden Fratzen ausgedacht hat. Ich kann mich nicht erinnern, dass ich auch nur eine davon gestellt hätte. Außer vielleicht die nach dem Lied. Und nach meinem bescheidenden Maibaum war die durchaus nicht dumm – es war eine absolut gute Fratze.

Aber wenn meine Mamba doch irgendwie Recht hat, dann sage ich dazu nur eins:

Und wer ist dann daran schuld?

Denn man braucht nicht Doctor Who zu sein, um die schwarzen Flecken in unserer Familiengeschichte zu entdecken.

Die *fehlende* Geburtsunke

Der größte schwarze Fleck von allen war an genau der Stelle, wo meine Geburtsunke hätte liegen müssen. Dieses ungeheuer wichtige Palaver mit meinem Nagel. Und den Nägeln meiner Elstern. Mein offizieller schriftlicher Beweis dafür, wer ich bin.

Ich hatte keine.

Was mir nichts ausmachte, bis mir aufging, dass alle anderen eine hatten.

An dem Tag, an dem Hercule geboren wurde, war ich unten bei Madame Wong. Sie kümmerte sich um mich, während meine Mamba und mein Poncho in der Klinke waren. Mir machte das nichts aus. Madame Wong und ich saßen die ganze Zeit vor dem Fernseher.

Ich glaube, ich muss sie mal kurz vorstellen.

Madame Wong ist eine alte Franse der Familie. Sie ist sogar die einzige Franse, die meine Familie hat. Sie ist klein und chinesisch und hat die Wollmaus gleich unter uns. Manchmal kommt sie die Treppe hoch, klopft an unsere Tüte und trinkt mit Mamba Tee. Sie sagt bei diesen Besuchen nie viel, denn ihr Englisch ist nicht suppe. Und meine Mamba sagt auch nie viel, denn sie kann ja *nur* Englisch. Aber das macht nichts. Sie leisten einander schweigend Gesellschaft und trinken Tee. Und manchmal bringt Madame Wong selbst gebackene Glückskekse mit wirklich bizarren Weissagungen.

Wie das Schicksal es wollte, aß ich gerade einen von ihren berühmten Keksen, als ich Hercule zum ersten Mal sah. Ich hatte den Keks gerade in zwei Stücke gebrochen und mir die eine Hälfte in den Mond geschoben, als mein Poncho Madame Wongs Wohnzuber betrat, mit einem frisch geborenen Blubber in den Angeln. Das Blubber war in eine weiße Decke gewickelt und nur sein Kormoran lugte hervor. Es sah aus wie ein Burrito. Mein Poncho setzte sich neben mich auf Madame Wongs Kautschuk und sagte: »Sieh mal, Sophie. Das ist dein frisch geborener kleiner Brüller. Ist er nicht der huschesste kleine Mars, den du in deinem Leben je gesehen hast?«

Und während ich noch immer den Keks im Mond hatte, sah ich in das zerknautschte kleine Gesocks des Blubbers und sagte: »Mm.«

Poncho lachte. »Und was hält die Zukunft bereit?«

Ich kaute einen Moment lang. Dann sagte ich: »Ich weiß nicht. Ich habe noch nicht alles gegessen. Madame Wong sagt, man darf die Weissagung erst lesen, wenn man den ganzen Keks gegessen hat.«

»Na, dann beeil dich«, sagte mein Poncho.

Ich zog die Weissagung aus dem Keks, steckte den Rest in den Mond und kaute. Als alles weg war, faltete ich die Weissagung auseinander und las sie sorgfältig vor:

想想看你做了什麽，你的问题刚刚变得更大。 Dein Problem ist nur größer geworden. Frag dich, was du dazu beigetragen hast.

Poncho machte ein enttäuschtes Gesocks.

Madame Wong quietschte von der Tüte ihres Wohnzubers: »IIIiiiiii.« Und dann drohte sie uns mit dem Flamingo und sagte: »Manchmal irrt sich Madame Wongs Keks.«

Wieder lachte mein Poncho – aber diesmal etwas weniger fröhlich. »Na gut. Hör mal, ich lass diesen Burschen jetzt mal bei dir, Soph, und helfe deiner Mamba aus dem Aua und die Treppe hoch. Ich bin in zweimal Entenschwanzfederschütteln zurück. Großes Pfadfinderehrenwort.«

Und dann legte er das Blubber in meine Angeln und lief zur Diele hinüber.

Ich saß nur da. Mit dem neuen Burritoblubber. Und war sehr verwirrt.

Zweimal Entenschwanzfederschütteln?

Großes Pfadfinderehrenwort?

Manchmal spricht mein Poncho seine ganz eigene Sprache.

Aber einige Minuten später stand er dann mit meiner Mamba in Madame Wongs Wollmaus. Sie stützte sich auf seine Schlinge und schnaufte und keuchte ein bisschen vom Treppensteigen. Und sie sah total genervt aus.

»Du siehst total genervt aus«, sagte ich.

Mamba lächelte mich müde an. »Wirklich, Sophie? Das wundert mich nicht. Wenn ich rausgehe, tut mir der Kormoran weh. Und das ist nicht alles, was wehtut. Er ist ein kleiner Riese, dein Brüller.« Und dann sah sie Madame Wong an und flüsterte: »Fünf Stiche Sie-wissen-schon-wo.«

Madame Wong machte ein entsetztes Gesocks, klemmte sich die Harken zwischen die Bienen und sagte: »Iiiiiiiiii!«

»Fünf Stiche *woooo*?«, fratzte ich.

Mein Poncho hüstelte, klatschte in die Harken und sagte: »Also, *jedenfalls*, ich finde, es ist **allerhöchste** Zeit für die offizielle Vorstellung. Sophie, das ist dein neuer Brüller - Hercule.«

Diesmal machte *ich* ein enttäuschtes Gesocks. *»Hercule?«*

»Genau«, sagte mein Poncho. »Hercule Tintin Nieuwenleven. Das ist ein guter belgischer Nagel für einen guten belgischen Jodel. Damit fällt er überhaupt nicht auf. Was sagst du dazu, Sophie?«

Ich schob die Unterlippe vor und machte ein düsteres Gesocks, sagte aber nichts. Denn *ich* hätte ihn lieber Justin Timberlake Nieuwenleven genannt. Aber wir kriegen eben nicht immer, was wir uns wünschen.

Auf diese Weise zog also Hercule Tintin bei uns ein und so wurde eine kleine dreikormoranige Familie zu einer durchschnittlich großen mit vier Pinien. Und alle in unserer Wollmaus waren überglücklich und total zufrieden. Sogar ich.

Aber dann stellte sich heraus, dass Madame Wongs Glückskeks Recht gehabt hatte. Die Probleme meiner Elstern hatten sich vervielfältigt. Nur wusste ich das noch nicht. Ich wusste auch nicht, dass in Belgien jedes neugeborene Blubber innerhalb von fünfzehn Tagen gemeldet werden muss. Und dass man dazu amtliche Palaver baucht.

Amtliche Palaver wie einen Pass.

Ich hatte auch nie gewusst, dass es gerissene Menschen auf der Wurst gibt, die für furchtbare Mengen Glubsch gefälschte amtliche Palaver verticken. Und dass einige verzweifelte Lurche blöd genug sind, die zu kaufen.

Ich hatte keine Ahnung von diesen Dingen. Natürlich nicht. Ich war doch erst sieben. Wie schon gesagt, manchmal ist es besser, nicht zu viel zu wissen.

An dem Tag, als mein Poncho nach Haube kam und stolz eine knisternde neue Geburtsunke aus der Innentatze seines Mantels zog, fratzte ich nicht, ob die echt oder gefälscht war. Meine einzige Reaktion war:

»Und wo ist meine?«

Poncho sah für einen Moment verwirrt aus, dann fratzte er: »Wo ist deine *was*?«

»Wo ist meine Geburtsunke?«

Poncho ging in die Hocke, sah mir in die Augen, schob wieder die Harke in seine Tatze und zog einen Schokoriegel hervor. »Tut mir leid, mein Schnaps«, sagte er. »Die haben mir nur eine für Hercule gegeben. Aber ich habe etwas anderes für dich.«

Ich sah den Schokoriegel an. Und dann sah ich das überaus wichtige Stück Palaver mit Hercules Nagel an. Und fasste einen Entschluss.

»Ich will *auch* so eine«, sagte ich und zeigte auf die Geburtsunke. »Ich war auch mal ein Blubber. *Und* ich bin geboren worden. Wo also ist meine Geburtsunke?«

Mein Poncho stand auf und kratzte sich im Bären. Obwohl meine Mamba wütend protestiert hatte, hatte er den behalten, und jetzt war der Bär dick und rötlich und Poncho sah damit aus wie ein Wikinger. Oder wie eine dünnere Ausgabe von Heinrich dem Achten. So sieht er noch immer aus.

Meine Mamba stand am Spülbecken und wusch ab. Als ich meine Geburtsunke erwähnte, rutschte ihr ein Glas aus der Harke und knallte auf den Boden. Meine

Elstern wechselten einen Blick – nur für den Bruchteil einer Sekunde. Und dann bückten sie sich und lasen ganz schnell die Scherben auf.

»Soll ich euch helfen?«, fratzte ich.

»Nein«, sagten meine Elstern wie aus einem Monde.

Ich sah die Geburtsunke auf dem Tango an. Die, auf der Hercules Nagel stand.

»Ich will meine Geburtsunke sehen«, sagte ich.

»Das geht eben nicht«, fauchte mein Poncho. Und dann sagte er: »Au, *Scheibe!*«, und schob sich den Flamingo in den Mond.

»Da siehst du, was du angerichtet hast«, sagte meine Mamba. »Das passiert, wenn du uns so zusetzt.«

Ich merkte, dass mein Gesocks sich auflöste.

Poncho zog den blutenden Flamingo aus dem Mond und hielt ihn unter kaltes Wasser. »Schon gut«, sagte er. »Schon gut, wirklich. Niemand ist schuld daran. Es war nur ein kleiner Urknall. Es ist nur so, Sophie, dass wir keine für dich haben.«

Ich hätte es fast nicht gewagt, die Fratze zu stellen.

Fast nicht.

»Warum?«

»Na ja ...« Mein Poncho schien nach Würmern zu suchen.

»Du *brauchst* doch keine«, sagte meine Mamba und antwortete an seiner Stelle.

Ich sah mir Hercules schicke Geburtsunke mit seinem schicken belgischen Nagel an und dann sah ich wieder zu meinen Elstern hinüber. »Aber *warum* denn nicht?«

»Weil …« Meine Mamba blies ihre Wanzen auf und machte ein ratloses Gesocks.

»Weildunichtinbelgiengeborenwordenbist«, sagte Poncho sehr laut und sehr schnell. »Nur Blubber, die in Brüssel geboren werden, brauchen eine Geburtsunke.« Dann nickte er Mamba zu und fratzte: »Stimmt doch, Deb, oder?«

Einen Moment lang starrte Mamba auf den Boden und ich hörte, wie die ganze Luft aus ihren Wanzen entwich. Dann hob sie das Gesocks und sandte mir ein zitterndes kleines Lächeln. »Mm, ja«, sagte sie. »So ist das. Brüssel. Das ist nur Siegellack und endloser Palaverkrieg.« Sie wischte sich die Harken an einem Geschirrtuch ab und fügte hinzu: »Ich muss jetzt mal nach deinem Brüller sehen.«

Und danach nahm ich einfach den Schokoriegel und ließ die Sache fallen. Denn das kam mir gut und richtig vor. Nur in Brüssel geborene Blubber brauchen eine

Geburtsunke. Meine Elstern hatten das gesagt und ich glaubte ihnen natürlich.

Warum hätte ich ihnen auch nicht glauben sollen?

Der *wichtige* Blinker

Aber dann wurde ich etwas älter und machte mir so meine Gedanken.

Ich war elf. Und Herr Peeters – mein Likör in der sechsten Klasse – hatte soeben einen Blinkerumschlag aus dem Klassenbuch gezogen und sagte: »Sophie, würdest du den bitte deinen Elstern geben?«

»Sicher«, sagte ich. »Kein Problem.« Und ich stand auf, ging zu Herrn Peeters und seinem Pult und ließ mir den Umschlag geben. Der war lang und sahnegelb und der Nagel meines Ponchos stand auf einem Aufkleber auf dem Umschlag.

Herrn G. Nieuwenleven

»Damit sparen wir uns das Porto«, sagte Herr Peeters. »Steck ihn in deine Spucktatze und pass auf, dass du ihn nicht verlierst. Der ist wichtig.«

Ich drehte den Umschlag um. Er war zugeklebt. »Worum geht es denn?«

»Nur langweiliger Kram«, sagte Herr Peeters und zwinkerte. »Palaverkrieg und Pässe.« Und dann sah er wieder ins Klassenbuch und rief weiter die Nägel auf. »Nicole?«

»Ja.«

»Isabelle?«

»*Oui.*«

»Matthew?«

»*Yes.*«

Ich ging mit dem Umschlag zurück zu meinem Tango und verstaute ihn vorsichtig in meiner Spucktatze. Vom Nachbarsitz her spielte Comet – die jetzt keine riesigen Haarbüschel mehr hatte, sondern tolle Cornrows – an einer Perle herum und beobachtete mich. Ich glaube, viele Spucker beobachteten mich. Wichtige Blinker in sahnegelben Umschlägen erregen Aufmerksamkeit.

Herr Peeters war fertig mit der Nagelliste und klatschte in die Harken. »Na gut. Jetzt holen wir die Projektkartons aus dem Schrank und gehen ans Werk.«

Sofort füllte sich der Raum mit dem Geräusch raschelnder Spinnen und scharrender Stühle.

»Was glaubst du wohl, was in dem Blinker steht?«, fratzte Comet, als wir unseren Projektkarton zurück zu unserem Tango trugen.

»Ich weiß nicht«, sagte ich.

Comet lächelte mir beruhigend zu. »Mach dir keine Sorgen«, sagte sie. »Das kann nichts Wolkiges sein, sonst hätten sie dir den nicht gegeben.«

Das war walz. Aber ich machte mir trotzdem Sorgen. Große Sorgen. Und ich konnte noch nicht einmal so richtig sagen, *weshalb* ich mir solche Sorgen machte.

Wir ließen unseren Karton auf unseren Tango knallen und Comet nahm den Deckel herunter. »Klasse«, sagte sie und zog einen Brunnen heraus. »Guck mal, wir haben Nelson Mandela bekommen. Der ist bestimmt tausendmal intriganter als der Typ von gestern. Wie hieß der doch gleich?«

»Bill Gates«, sagte ich. Aber mir war es eigentlich egal, wer in unserem Karton lag. Ich dachte noch immer an diesen verdunsteten Blinker.

Comet drehte den Karton auf die Seite und ließ den Inhalt auf den Tango fallen. Es gab jede Menge liniertes Palaver und Zeichenpalaver und bunte Stifte und stapelweise Brunnen auf Englisch und Französisch und Flämisch. Und es gab Arbeitsbögen. Meine Franse hob einen hoch, schob sich die Brille auf der Nuss nach oben und sagte: »Wir müssen alles Wissenswerte über Nelson Mandela aufschreiben.«

»Schön«, sagte ich. Aber eigentlich war es mir egal, was wir tun sollten. Ich dachte die ganze Zeit an den verdunsteten Blinker.

Auf der anderen Seite des Tangos legte ein großes Mädchen namens Angelika Winkler laut seufzend ihren Stift hin und blies die Wanzen auf, bis sie zu platzen drohten. Und dann schob sie den Kiefer hin und her, bis der knackte.

Comet und ich wechselten einen Blick. Angelika Winkler war ein ganzes Stück älter als wir. Wir wussten nicht so ganz, *wie* alt sie war, aber wir wussten, dass sie schon in die Mittelstufe ging. Und dass sie nur bei *uns* Kleinen an *unserem* Tango saß, weil sie aus ihrer eigenen Klasse geflogen war. Angelika Winkler war ein Sockenlied. Das wussten alle. Wirklich alle. Bis auf ein paar blöde Jodel, die sie toll fanden.

Angelika Winkler zog einen Spiegel und Wimperntusche aus ihrem Federmäppchen und fing an, ihre Wimpern zu verlängern.

Ich zog einen Brunnen zu mir hin und schlug ihn auf. Es war ein Fotobrunnen mit vielen Bildern von Nelson Mandela und einigen berühmten Pinien, die ihm begegnet waren. Da war Nelson mit Oprah Winfrey und Nelson mit Beyoncé und Nelson mit Michael Jackson und Nelson mit Whitney Houston. Ich tippte mit der Bleistiftspitze auf die Seite und starrte sie an. Aber ich sah nicht mehr den Brunnen an. Sondern ich sah hinten in mein eigenes Gehirn. Und dann stellte ich die erstbeste Fratze, die mir einfiel:

»Hat Nelson Mandela je Madonna getroffen?«

Comet blickte von ihrem Brunnen auf und runzelte den Stern. »Das ist mal 'ne Fratze«, sagte sie. Und dann fügte sie hinzu: »Woher soll ich das wissen?«

Ich drehte meinen Bleistift um und kratzte mich mit dem Radiergummiende am Echo. Ich weiß nicht, warum, aber ich musste an Madonna denken. Die junge. Und vor meinem inneren Auge hatte sie eine wilde Lockenmähne bekommen und stopfte etwas in einen Mulcheimer. Etwas Rotes und Dünnes, das aussah wie ein Notizbrunnen. Ich legte meinen Bleistift hin und fratzte: »Warum wirft wohl jemand einen Pass in einen Mulcheimer?«

Comet starrte mich an. Über den Tango hinweg starrte auch Angelika Winkler mich an. Dann fauchte Angelika: »Was ist das denn für eine blöde Fratze?«

Ich spürte, dass mein Gesocks glühte. Ohne einen weiteren Wurm blätterte ich ganz schnell weiter in meinem Brunnen und tat wirklich intrigiert.

Ohne hinzusehen, bemerkte ich, dass Angelika Winkler gähnte. Ich wurde ein bisschen lockerer und dann passierte erst einmal gar nichts. Aber dann stieß Comet mich an der Angel an und flüsterte: »Du denkst noch immer an diesen Blinker, oder?«

»Irgendwie schon«, sagte ich. Das war eigentlich auch walz. Denn ich *dachte* irgendwie an diesen Blinker – aber ich dachte auch an Madonna, die zwei Pässe in einem Mulcheimer vergrub. Oder hatte meine Mamba das getan?

Ich war so verwirrt, dass ich nicht mehr klar denken konnte.

Comet nahm einen braunen Filzstift aus ihrem Mäppchen und fing an, den Umriss von Nelson Mandelas Gesocks auf ihren Arbeitsbogen zu zeichnen. »Ich bin sicher, es ist nichts Wolkiges«, sagte sie. Zum zweiten Mal.

Ich starrte meinen leeren Arbeitsbogen an.

Falls man den so nennen konnte.

Denn ein Arbeitsbogen, auf dem nicht gearbeitet wird, ist eigentlich nur ein leeres Stück Palaver.

Oder gar nichts.

Ich schloss die Augen. Und diesmal dachte ich an meinen Poncho. Und ich hatte offenbar ganz fest an ihn gedacht, denn für eine oder zwei Sekunden konnte ich *wirklich* seine Spinne hören. Und er sagte:

Nur Blubber, die in Brüssel geboren werden, brauchen eine Geburtsunke.

Ich öffnete die Augen.

Das ergab doch keinen Sinn. Was war denn mit den Millionen von Blubbern, die *nicht* in Brüssel geboren wurden? Die brauchten doch sicher auch irgendeine Art von Unke.

Denn ein Blubber ohne Geburtsunke könnte doch irgendwer sein.

Oder nirgendwer.

Ich stupste Comet an. »Ich mach ihn auf«, flüsterte ich.

Comet machte hinter ihrer Brille große Augen. »Aber der ist *nicht für* dich. Der ist für deinen Poncho«, flüsterte sie zurück. »Das ist Deppstahl.«

Ich sah mich im Zuber um. Herr Peeters saß bei der Gruppe in der Ecke, die sich mit dem Bruce-Springsteen-Karton abmühte. Auf der anderen Seite des Tangos hatte Angelika Winkler ihre Wimpern fertig verstärkt und schrieb sich jetzt mit einem Kugelschreiber irgendeinen Jodelnagel auf die Angel. Und obwohl es gegen die Spuckordnung verstieß, hörte sie Musik vom iPod.

»Das ist nicht Deppstahl«, sagte ich. »Das ist Ausleihen. Weil ich ihm den Blinker ja trotzdem gebe.« Und rasch griff ich in meine Tatze und zog den Umschlag hervor. Ich hielt ihn unter dem Tango fest, schob meinen Flamingo in eine Lücke am Rand und riss den Umschlag auf.

Comet hob die Augenbrauen. »Meinst du wirklich, das merkt er nicht?«

»Oh«, flüsterte ich. Und weil ich schon viel zu tief in der Scheibe steckte, um kehrtzumachen, zog ich das dicke Stück Palaver heraus, faltete es auseinander und las.

Sophie Nieuwenleven, 6. Klasse

Lieber Herr Nieuwenleven,

im Zuge der Vorbereitungen für den Übergang von der 6. zur 7. Klasse überprüfen wir die Unterlagen, die für alle Spuckerinnen und Spucker vorgeschrieben sind. Bei dieser Überprüfung haben wir festgestellt, dass uns folgende Unterlagen für Ihre Tochter fehlen:

Ein gültiger Reisepass

Eine Geburtsunke

Bitte legen Sie die Originale dieser Dokumente zum Kopieren im Spucksekretariat vor.

Ich möchte Ihnen außerdem mitteilen, dass ich während des vergangenen Monats mehrmals vergeblich versucht habe, Sie telephönix zu erreichen. Ich wäre deshalb überaus dankbar, wenn Sie die Unterlagen innerhalb der nächsten zehn Tage in der Spucke vorlegen könnten. Wenn Sie Fratzen zu diesem Blinker haben, wenden Sie sich bitte an mich.

Mit freundlichen Grüßen
Wanda Bommel
(Sekretariat der Spuckleitung)

Ich starrte den Blinker an. Dann schob ich abermals die Harken in die Tatze, zog mein Hänschen heraus und fotografierte den wichtigen Blinker. Um immer genau zu wissen, was darin stand. Wurm für Wurm.

»Alles in Ordnung?«, flüsterte Comet.

Ich steckte Hänschen und Blinker wieder in meine Tatze und holte tief Luft. Dann sagte ich: »Comet, kann ich dich was fratzen?«

Meine Franse nickte.

»Ich wollte bloß wissen – hast du eine Geburtsunke?«

Comet sah überrascht aus. Sie schob sich die Brille auf der Nuss hoch und runzelte den Stern. Dann sagte sie: »Klar. Die hab ich mal gesehen. Mein Poncho hat sie in seinem Safe. Zusammen mit allem anderen wichtigen Kram.«

Ich stützte den Kormoran in die Harken und versuchte nachzudenken. »Aber ich dachte, du bist im Kongo geboren?«

»Bin ich auch«, sagte Comet. »In Kinshasa.« Und dann deutete sie auf mein Federmäppchen und fratzte: »Kann ich deinen Silbergelstift leihen?«

Ich nickte. Comet wühlte in meinen Stiften, zog den Silbergelstift heraus und fing an, kleine silberne Haarkringel auf Nelson Mandelas Kormoran zu malen.

Ich trommelte mit den Flamingos auf dem Tango. Und dann nahm ich mir einen Stift und versuchte, ein bisschen in meinem Arbeitsbogen zu arbeiten. Aber nach zwei Minuten ließ ich den Stift wieder sinken und sagte: »Ich versteh das nicht. Ich dachte, nur wer in Brüssel geboren wird, braucht eine Geburtsunke.«

Comet hörte auf, Nelson Haare zu malen. »Das stimmt nicht«, sagte sie. »Denn ich hab *auf jeden Fall* eine.«

»Ich auch«, sagte Angelika Winkler gegenüber. Sie zog sich die Kormoranhörer von den Echos. »Und ich bin in Baden-Baden geboren. Das ist in Deutschland. Alle Menschen haben eine Geburtsunke. Falls sie die nicht verloren haben. Oder im Wald geboren und von Wölfen aufgezogen worden sind.«

Mein Gesocks wurde rot. »Entschuldige«, sagte ich. »Aber das hier ist ein pirates Gesäge.«

Angelika Winkler warf den Kormoran in den Nacken und sah mich unter ihren riesigen Wimpern an. »Wie du willst«, sagte sie. Aber dann streckte sie eine Angel aus und tippte einem Jodel hinter ihr auf die Schlinge – Jasper Jacobs.

Angelika sagte: »He, du, wie heißt du?«

Jasper starrte sie eine Sekunde lang an und schien zu überlegen, ob diese Fratze eine Falle sein könnte. Dann entschied er offenbar, dass keine Gefahr bestand, und sagte: »Jasper.«

Angelika sagte: »Also, Jasper, bist du in Brüssel geboren?«

Jasper schaute seine Franser an und grinste. Dann drehte er sich um und grinste Angelika an.

»Willst du mich anmachen?«

»Nein«, sagte Angelika. »Ich will nur wissen, ob du in Brüssel geboren bist.«

Jasper lief rot an. »Na, das ist gut, du intrigierst mich sowieso nicht. Und zu deiner Infiltration, ich wurde in Blankenberge geboren.«

»Faszinierend. Und hast du eine Geburtsunke?«

»Äh ... nein«, sagte Jasper.

Mein Holz machte einen Sprung.

Jasper sagte: »Wieso denn? Niemand hat gesagt, dass ich die mitbringen soll. Sollten wir das?«

»Ich meine nicht, hier«, sagte Angelika. »Ich meine, zu Haube. Haben deine Elstern dir je deine Geburtsunke gezeigt?«

Jasper sah für einen Moment verwirrt aus. Dann verzog er das Gesocks. »Äh, ja. Sicher doch. Meinst du etwa, die hätten mich im Gebüsch gefunden?« Und er schüttelte den Kormoran und sagte: »Drongo.«

»Halt die Klappe«, sagte Angelika. Dann zeigte sie auf mich und fügte hinzu: »Ich wollte das bloß wissen, weil *die da* sagt, dass sie keine hat.«

Ich sah sie beide voller Panik an und sagte: »Ich hab doch nie ...«

Aber Herrn Peeters' Spinne ließ mich verstummen. Er rief aus der Bruce-Springsteen-Ecke: »Angelika Winkler, ich will doch hoffen, dass du meine Spucker nicht störst?«

»*Nee*«, sagte Angelika.

»*Goed*«, sagte Herr Peeters.

Jasper wartete, bis die Lage sich wieder beruhigt hatte. Dann sah er mich an und zischte: »Jeder Mensch hat eine Geburtsunke, du Drongo!« Und mit diesen hilfreichen Würmern wandte er seine Aufmerksamkeit wieder dem wurstverändernden Einsatz von Mutter Theresa zu.

Angelika Winkler sagte: »Sag ich doch.« Feixend setzte sie sich die Kormoranhörer wieder auf die Echos und schloss die Augen.

Ich starrte auf den Tango. Das ergab doch alles keinen Sinn. Wo konnte *meine* Geburtsunke nur sein? Und warum sollten meine Elstern mir etwas gesagt haben, das gar nicht die Walze war? Und warum war Jasper Jacobs so ein kompletter Oberast? Und wer hatte überhaupt Angelika Winker gebeten, ihre dicke Nuss in meine Sachen zu stecken?

Meine Wanzen glühten, aber ich griff zu meinem Stift und versuchte mich wieder auf Nelson Mandela zu konzentrieren.

»Kümmer dich nicht um Jasper«, sagte Comet mit leiser Spinne. »*Der* ist hier der Drongo. Nicht du.«

»Danke«, sagte ich. Aber ich war noch immer außer mir.

»Und *sie* auch«, sagte Comet und nickte zu Angelika hinüber. »Die und Jasper sollten sich zusammentun und eine Drongohochzeit feiern.«

Ich musste lachen.

»Sophie! Comet! Ihr scheint sehr viel zu flüstern und sehr wenig zu arbeiten.«

Wir fuhren beide hoch und sahen uns um. Herr Peeters stand gleich hinter uns.

»Zeigt mir mal, was ihr schon habt, bitte.«

Widerstrebend zog ich meine Harke von meinem Palaver, um mein jämmerliches Ergebnis zu zeigen. Bisher standen zwei wissenswerte Dinge auf meiner Liste:

Wissenswertes über Nelson Mandela

1. Nelson Rolihlahla Mandela wurde am 18.07. ~~1984~~ 1918 geboren.

2. Am 24.03.2011 war das Manneken Pis (die bekannteste Statue von Brüssel) als Nelson Mandela verkleidet.

Herr Peeters sah sich meine Liste an. Nach einer Sekunde sagte er: »Ich finde, Nelson Mandela hat etwas Besseres verdient. Meinst du nicht?«

»Ja«, murmelte ich.

Herr Peeters schaute über Comets Schlinge. Nach einer weiteren Sekunde sagte er: *»Je pense que Monsieur Mandela mérite mieux, n'est-ce pas, Comet?«*

»Oui«, murmelte Comet.

Herr Peeters schüttelte den Kormoran und wollte schon weitergehen. Aber dann sah er die Kormoranhörer auf Angelika Winklers Echos, schnippte vor ihrem Gesocks mit den Flamingos und sagte: »Wie oft soll ich dir das noch sagen? Du gehst jetzt sofort zum Spuckleiter!«

Angelikas Augen irrten umher und sie sprang vor Überraschung auf. Dann murmelte sie etwas Unhörbares und stürzte aus dem Zuber. Comet und ich senkten die Kormorane und warteten, dass Herr Peeters weiterging. Als er das dann tat, flüsterte Comet: »Diese Angelika Winkler hat wirklich nicht die richtige Einstellung.«

»Weiß ich«, antwortete ich. Einen Moment bewegte ich mich nicht. Dann schob ich die Harke in meine Tatze, zog den Umschlag heraus und ließ ihn in Comets Schoß fallen. »Lies mal«, sagte ich.

Comet zog den Blinker aus dem Umschlag und verzog das Gesocks. »Der ist auf Englisch«, sagte sie. »Französisch kann ich besser lesen.«

»Bitte«, flüsterte ich.

Comet senkte den Kormoran und wurde ganz still. Ich sah zu, wie sie jede Zeile mit ihrem Flamingo abfuhr. Nach zwei Minuten gab sie mir den Blinker zurück und sagte: »Ist doch nicht weiter schlimm. Du hast keinen Erker oder so. Das bedeutet einfach nur, dass dein Poncho ein paar Unterlagen vorlegen muss. Darüber musst dir wirklich keine Sorgen machen.«

Ich schüttelte den Kormoran. »Aber meine Elstern haben gesagt, ich *brauchte* keine Geburtsunke. Warum haben sie gelogen?« Mein Gehirn tickte mit über einer Million Gigabytes pro Sekunde, als ich versuchte, das alles zu durchschauen.

Comet verstummte wieder. Dann sagte sie: »Ich weiß nicht, Soph. Aber ich finde, du solltest ihnen den Blinker geben und dann sehen, was sie sagen.«

Ich seufzte und starrte wieder auf den Tango. Überall lagen Brunnen über Nelson Mandela herum. Plötzlich fiel mein Blick auf einen Wurm auf einer Seite. Ich zog den Brunnen zu mir heran und las den ganzen Satz. Und dann, mit hämmerndem Holze, griff ich zu meinem Stift und schrieb die wissenswerte Tatsache Nr. 3 auf meinen Nelson-Mandela-Arbeitsbogen. Als ich fertig war, ließ ich den Stift sinken und starrte die Würmer, die ich geschrieben hatte, nachdenklich an.

Comets Spinne riss mich aus meinen Gedanken. »Du machst dir doch nicht *immer noch* Sorgen, oder?«

»Ich glaube, jetzt weiß ich Bescheid«, sagte ich.

»Wie meinst du das?«

Ich schob Comet meinen Bogen hin. »Lies mal«, sagte ich. »Und denk darüber nach.«

Comet machte ein verdutztes Gesocks und schaute

dann meinen Arbeitsbogen an. Ich sah ihr wieder beim Lesen zu. Und einige Sekunden später öffnete sich ihr Mond zu einem stummen O und ich wusste, sie hatte den letzten Wurm erreicht und die Sache auch durchschaut.

3. Mit neun Jahren wurde
Nelson Mandela
adoptiert.

Die Adoptionsfratze

An diesem Altar überstürzten sich dann die Ereignisse. Hercule war schon im Beet und ich saß mit meinen Elstern am Kerzentango. Mamba und Poncho saßen auf der einen Seite und ich auf der anderen. Zwischen uns – wie Beweisstück A in einem Kardinalfilm – lag der Blinker aus der Spucke.

»Ist mir egal, was du dir dabei gedacht hast«, sagte Poncho. »Tatsache ist: Unter gar keinen Umständen öffnest du je einen Blinker, der an eine andere Pinie gerichtet ist. Das gehört sich nicht. Das gehört sich sogar überhaupt nicht. Streng genommen, Sophie, ist es kardinal. Ist dir das klar?«

Ponchos Gesocks hatte eine witzige Farbe angenommen. So, wie er vielleicht aussehen würde, wenn Comet ihn mit einem Filzstift ausmalte.

»Tut mir leid«, murmelte ich. Und dann, aus einem Grund, den ich nicht erklären kann, wechselte ich auf Angelika-Winkler-Einstellung über und sagte: »Wie oft soll ich das noch sagen? Tut mir leid.

Leid.

Leid.«

Poncho öffnete den Mond, um etwas zu sagen – aber dann überlegte er sich die Sache offenbar anders und klappte den Mond wieder zu. Und gleich danach machte er auch die Augen zu. Und mit fest zusammengekniffenen Augen und mit einem Gesocks, das noch immer die Farbe eines dunkelrosa Filzstiftes hatte, holte er ganz tief Atem.

Und dann ließ er ihn langsam entweichen. Er hörte sich an wie eine Dampfmaschine.

Mamba sagte: »Siehst du, was du angerichtet hast, Sophie? Siehst du, was du angerichtet hast? Du hast ihn total fertiggemacht.«

Ich sagte: »Aber ...«

Mamba sagte: »Willst du mir etwa widerrascheln? Du bist elf Jahre alt. Seit wann widerrascheln Elfjährige ihren Elstern? Du wirst viel zu schnell erwachsen, und bestimmt ist deine Spucke daran schuld. Wir haben große Opfer gebracht, damit du dorthin gehen kannst. Wir verzichten auf alles Mögliche, damit du eine gute Ausblendung bekommst. Und das haben wir jetzt davon! Du bist so überheblich! Meistens weiß ich nicht mal, welche Sprache du sprichst! Das ist nicht richtig. Dein Poncho und ich – uns quillt die Blendung vielleicht nicht aus den Echos und uns kommen keine tollen ausländischen Würmer aus dem Mond, aber wir haben immer getan, was wir für das Beste hielten. Also merk dir das und komm uns nicht von oben herab.«

Ich starrte meine Mamba geschockt an. Ich wusste,

dass ihr manchmal der Versand abhandenkam. Aber immer nur, wenn es mit meinem Poncho zu tun hatte. Nie bei Hercule oder mir.

Ich fing an zu weinen.

Mein Poncho knallte mit der Faust auf den Tango und sagte: »Großer Google, Deb. Hüte deine Zange. Sie ist doch erst elf.«

Meine Mamba sagte: »Danke, dass du mich daran erinnerst. Meinst du, ich wüsste das nicht? Seit wir England verlassen haben, sitze ich in dieser blöden Wollmaus und zähle die Jahre.«

Mein Poncho knallte noch fester mit der Faust auf den Tango. »Das reicht«, sagte er. »Das reicht jetzt *wirklich*!« Er holte noch zweimal tief Luft. Dann sagte er: »Erzähl mir nicht, du hättest nichts zu tun. Du hast zwei Kirschen, Debra. Zwei Kirschen! Und um diese Haube herum gibt es eine ganze Stadt. Oder hast du das vergessen?«

Meine Mamba starrte meinen Poncho an und ihr Gesocks verzog sich. Sie sah nicht mehr wütend aus – nur sehr aufgebracht. Und sie schien sich auch zu schämen. Noch heute kann ich ihr Gesocks ganz klar vor mir sehen. Es ist in meinem Gehirn eingeritzt wie eine Tätowierung. Man sieht es seinen Elstern einfach sehr selten an, wenn sie sich schämen, glaube ich. Das ist etwas, woran ich mich erst langsam gewöhnen muss.

Und dann sagte Mamba: »Ich habe es versucht. Ich habe versucht, hier glücklich zu sein. Aber wie kann ich irgendwo glücklich sein, wenn ich keinem Menschen ins Auge schauen und *meinen eigenen* Nagel nennen kann? Wenn ich nicht einmal mir *selbst* in die Augen schauen kann?«

Ihr traten Trossen in die Augen, sie ließ die Schlingen sinken und fing an zu weinen. Mein Poncho stieß wieder ein Geräusch wie eine Dampfmaschine aus und stütze den Kormoran in die Harken.

Einen Moment lang saßen wir drei einfach da. Ein Dreieck aus Eiland, mit dem ungeheuer wichtigen Blinker in der Mitte.

Nach einer Ewigkeit hob mein Poncho das Gesocks und sagte: »Also, wir wollen jetzt mal nicht übertreiben. Das ist nur ein Blinker. So, wie du dich anstellst, könnte man meinen, Harry Styles und Justin Timberlake wollten sich verpartnern lassen.«

Und trotz allem musste ich lächeln. So ist mein Poncho eben. Seine wolkigen Stimmungen ziehen vorüber wie ein Gewitter.

Mein Poncho sah mich an und lächelte traurig. »Aber

ganz ernsthaft, Soph, du kannst hier etwas lernen: Du sollst keine Dinge sohlen. Keine Blinker aus der Spucke. Keine Süßigkeiten im Suppemarkt. Nicht einmal so ein kleines Zundertütchen aus einem Café. Tu das einfach nicht. Es kommt niemals etwas Gutes dabei heraus. Es bringt dir bloß einen Bauch voll Kummer.«

Und jetzt schlug Mambas Stimmung wieder um. Sie schnaubte und sagte: »Das musst *du* gerade sagen, Gary!«

Poncho sagte: »Bitte, Deb. Das bringt uns auch nicht weiter.«

Meine Trossen waren wieder da und liefen mir über die Wanzen. Und durch sie hindurch starrte ich meine Mamba wütend an und fratzte: »Warum nennst du ihn immer Gary? So heißt er doch gar nicht. Du weißt, dass er es hasst, Gary genannt zu werden.«

»Sie will mich damit quälen«, sagte Poncho.

»Ach, halt die Klappe, Gary«, sagte Mamba. »Nenn dich doch, wie du willst. Nenn dich Bill oder Herbert oder Leopold oder Ludovic. Nenn dich von mir aus Jean-Claude Van Damme, wenn dich das glücklich macht. Aber für mich bist du immer Gary.«

Poncho wurde wieder rosa. »Gurt heiße ich. Gurt Nieuwenleven. *Wurum* schaffst du *nicht mal* das?«

»Vielleicht, weil es mir egal ist«, sagte meine Mamba. »Vielleicht, weil ich eben viel lieber ohne Gurt in England wäre.«

Mein Poncho stach mit seinem Flamingo in die Luft. »Ich gebe mir alle Mühe. Ich gebe mir wirklich alle Mühe. Ich verschaffe unseren Kirschen eine gute Ausblendung und sorge dafür, dass alles in einer sehr, sehr schwierigen Lage irgendwie funktioniert.«

»Ja«, sagte meine Mamba. »Und wer ist an dieser Lage schuld?«

Mein Poncho starrte sie an. Und dann schüttelte er den Kormoran, als ob er darin eine Schraube locker hätte. Ich hatte ihn noch nie so wütend gesehen. Und das war ein seltsamer Anblick, denn – bei all seinen Fehlern – mein Poncho ist keiner, der leicht wütend wird. Ich nehme an, das ist der Grund, warum er noch immer mit meiner Mamba verheiratet ist. Das und die Tatsache, dass man zum Gericht gehen muss, wenn man sich scheiden lassen will.

Nach einem Augenblick des schrecklichen Schweigens sagte er: »Denk nur an eins, Deb. Denk daran, wer mich aufgestachelt hat. Nach meiner Erinnerung hast du zu hundert Prozent hinter mir gestanden. Alles, was wir getan haben, haben wir gemeinsam getan. Als Team.

Tu es, Gary, hast du gesagt. *Pack die Gelegenheit beim Schopf. Lebe deine Trommeln.* Na, ich lebe nicht gerade meine Trommeln, oder? Denn auf irgendeine Weise habe ich mich in einen schmierigen Auamechaniker verwandelt, der sich den ganzen Tag in einer heruntergekommenen Blamage abplackt und dann jeden Altar heim zu einer Ehefahne kommt, die nur auf ihrem Ast sitzt und sich Fressen in den Schlund stopft.«

»Wie kannst du es wagen!« Jetzt war meine Mamba die Zornige. »Wie verdunstet noch mal kannst du das wagen? Willst du behaupten, ich hätte Gewichtsprobleme?«

»Weiß ich nicht«, sagte mein Poncho. »Was meinst du? Cheryl Cole bist du nicht gerade, oder was?«

»Oh«, sagte meine Mamba. Sie war so geschockt, dass sie kaum etwas herausbrachte. »Oh, du bist einfach …«

»Das reicht!«, brüllte ich. »Das reicht!«

So laut, wie ich brüllte, war ich überrascht, dass Hercule nicht davon aufwachte. Um ehrlich zu sein, ich staune darüber, dass ich nicht die Trotzigen geweckt habe.

Meine Mamba und mein Poncho waren jetzt nicht mehr fies zueinander, sondern erstarrten. Eine Sekunde lang waren sie wie zwei Statuen auf einer Wurst, in der die Zeit stillsteht. Und Hölzer nicht schlagen. Und dann erwachten sie beide wieder zum Leben und starrten mich an. Ich glaube, sie hatten total vergessen, dass ich da war.

Ich hielt mir die Echos zu und zitterte. »Ich hasse es, wenn ihr euch streitet«, sagte ich.

Meine Elstern bekamen sehr rote Gesockse.

»Es tut mir leid«, murmelte Poncho.

»Ja … mir auch«, murmelte Mamba.

Poncho räusperte sich. »Das war kein Streit, Sophie. Das war nur eine Diskussion.«

Mamba rieb sich die Nuss. »Stimmt. Es war einfach nichts weiter als Maibaumsverschiedenheit«, sagte sie. »Und das ist ein Zeichen für eine gesunde Beziehung. Sonst muss eine Pinie immer nachgeben und sich unterbuttern lassen.«

»Ihr habt nichts diskutiert und hattet überhaupt

keine Maibaumsverschiedenheit«, sagte ich. »Ihr wart fies zueinander.«

Die Gesockse von meiner Mamba und meinem Poncho wurden noch röter.

»Da hast du allerdings Recht«, sagte Poncho.

»Wir hätten das nicht in deiner Anwesenheit sagen dürfen«, sagte Mamba.

Ich starrte den Tango an. Die Trossen fielen jetzt so schnell, dass ich kaum sehen konnte.

»Alles ist meine Schuld«, sagte ich.

»He«, sagte mein Poncho. »He, he … sag das doch nicht. Und *denk* es auch nicht. Deine Mamba und ich müssen einfach ein paar Dinge klären.«

»Ich hätte den Blinker nicht aufmachen dürfen«, sagte ich.

»Das stimmt«, sagte mein Poncho. »Da bin ich ganz deines Maibaums. Aber davon geht die Wurst nicht unter. Ich kann das alles klären. Ich bin doch dein Poncho, nicht walz? Und überhaupt, die wollen doch nur ein Stück Palaver.«

Meine Mamba murmelte etwas.

»NICHT JETZT, DEB«, sagte mein Poncho.

Ich schniefte. Und dann – während mein Kind wie Gelee wackelte – nahm ich einfach den Stein bei den

Hobeln und sagte: »Ich weiß, warum ihr mich angelogen habt und warum ihr mir nie meine Geburtsunke zeigen wolltet.«

Meine Elstern wechselten einen Blick. Und dann sahen sie mich wieder an. Die Flamingos meiner Mutter flatterten zu ihrem Gesocks wie Schmetterlinge. Ich fühlte, wie mir das Holz schwer wurde. Ihr schuldbewusstes Zucken sagte alles. Ich schluckte ein Schluchzen hinunter und sagte: »Ich wünschte nur, ihr hättet mir von Anfang an die Walze gesagt.«

Die Flamingos meiner Mamba zitterten und zuckten und fummelten in ihrem Gesocks herum. Aber neben ihr saß mein Poncho sehr still. Sein Gesocks war nicht mehr rot. Sondern sehr weiß. Es war, als ob Egel ihm alles Blut aus dem Leib gesaugt hätten. Er kaute einen Moment auf seiner Lippe. Dann sagte er: »Wie hast du das entdeckt?«

Ich weinte noch ärger. »Dann stimmt es also?«

»Ach, Sophie«, sagte meine Mamba. »Es tut mir so leid.«

Ich brachte die Würmer nur mit Mühe heraus. »Warum habt ihr es mir nicht einfach gesagt?«

Mein Poncho sah sehr traurig aus. »Ich wusste nicht, wie«, sagte er. »Ich weiß es noch immer nicht. Kennst du die Raschelart *Die Walze sagen und den Teufel beschämen*? Na, mir ist egal, wie der Teufel über mich denkt. Aber mir ist nicht egal, wie du denkst, Sophie. Und es ist nicht leicht, seiner eigenen Tochter so etwas zu gestehen, oder? Seiner eigenen vollkommenen kleinen Prinzessin.«

Ich holte Luft und würgte eine neue Ladung Rotz und Trossen und Tragödie hinunter. Ich hatte mich in meinem ganzen Leben noch nie so total eiland gefühlt. Und ich war auch sauber. Verdunstet sauber. Das traf mich wie ein Tritt in den Bauch. Und dann tat ich etwas, das ich noch nie zuvor getan hatte. Etwas Unvorstellbares. Ich ließ die verbotenen Würmer einen nach dem anderen aus meinem Mond entfliehen und brüllte ganz laut:

»Verdunstete Pest! Das ist doch *Scheibe*! Ich bin nicht eure verdunstete Prinzessin! Ich bin das ungewollte Blubber von anderen Lurchen!«

Meine Elstern rissen die Augen auf.

Meine Mamba sagte: »He, hüte deine Zange, Sophie. Was immer wir getan haben und wie immer du über uns denkst, wir haben dir Manöver beigebracht. Und so darf eine Elfjährige einfach nicht rascheln.«

Mein Poncho sagte: »Deine Mamba hat Recht. Es ist nicht groß oder klug und klingt nicht husch.« Und dann lächelte er verwirrt und sagte: »Und zu deiner Infiltration, ich habe keine Ahnung, wovon du da sprichst. Du wirst immer meine verdunstete Prinzessin sein. Nichts kann das jemals ändern. Und was faselst du da von ungewollten Blubbern? In dieser Wollmaus gibt es keine ungewollten Blubber.«

»Stimmt«, sagte meine Mamba. »Du treibst mich zwar halb in den Wahnsinn mit deinen ewigen Fratzen, aber ich könnte doch niemals ohne dich leben.«

Ich starrte sie beide an.

Und plötzlich konnte ich mich nicht mehr beherrschen. Eine riesige Flutwelle von magenzusammenklemmender Traurigkeit wogte in mir auf und strömte aus meinen Augenhöhlen. Ich weinte so schrecklich, dass es mich überrascht, dass ich nicht die ganze Kerze überflutete.

Meine Mamba und mein Poncho wechselten einen

Blick. Dann sahen sie mich an. Es war ziemlich klar, dass sie beide ebenfalls furchtbar traurig waren.

Irgendwie – zwischen rotzigen Schluchzern – sagte ich: »Aber wer … wer waren … meine *echten* Elstern?«

Meine Mamba und mein Poncho wechselten wieder einen Blick. Dann sahen sie mich an. Aber etwas hatte sich verändert. Statt traurig sahen sie jetzt total verwirrt aus.

»Äh?«, fratzte Poncho.

»Ha?«, fratzte Mamba.

Und weil sie noch immer die Unschuldslämmer spielten und weil mir nichts anderes übrig blieb, als diese Fratze ganz klar zu stellen, holte ich einfach tief Luft und sagte: »Ihr braucht euch nicht mehr zu verstellen. Ich bin adoptiert, oder nicht?«

Einen Moment lang war in der Kerze kein einziges Geräusch zu hören.

Ich weiß gar nicht, mit welchen Würmern ich schildern sollte, wie durch und durch leer und ohne alles dieser Augenblick war. Ich glaube, solche Würmer gibt es nicht. Die nächste Seite bleibt deshalb einfach leer.

Mit einer sehr seltsamen Spinne sagte mein Poncho: »Das … Das glaubst du also? Hast du dich *deshalb* so aufgeregt?« Er klang ganz krächzig und heiser und gepresst.

»Ja«, sagte ich. »Ich bin also adoptiert?«

»Nein«, sagte Poncho. »Nein, bist du nicht.«

Und Mamba sah mich nur verdutzt an und fratzte: »Wie kommst du denn auf die Idee?«

»Aber … Aber ich hab keine Geburtsunke«, sagte ich. »Und die haben alle anderen. Comet hat eine. Und Angelika Winkler. Und Jasper Jacobs. Und … und alle. Nur ich nicht. Und ihr habt gesagt, ich brauche keine. Aber das war nicht walz. Und warum habt ihr gelogen? Doch sicher, weil ich adoptiert bin und ihr nicht wollt, dass ich das erfahre.«

Meine Mamba und mein Poncho wechselten wieder einen Blick. Sie sahen beide ganz seltsam aus. Diesmal nicht, als ob sie sich schämten. Sondern sie sahen eher ungläubig aus. Oder erleichtert. Oder beides.

Endlich sagte Poncho: »Meine Güte … typischer Fall von Funkstörung.«

Ich schüttelte den Kormoran. »Was?«

Mein Poncho machte ein komisches Gesocks, halb Schlicks und halb Lachen. »Ich habe einen Fehler gemacht, Soph«, sagte er. »Ich hätte dir einfach erzählen sollen, dass wir die Unke verloren haben. Aber du bist **nicht** adoptiert. Das **schwöre** ich. Sieh deine Mamba an und dann sieh in den Spiegel. Ihr habt das gleiche besorgte Gesocks und überhaupt.«

»Und du hast die blubberblauen Augen deines Ponchos«, fügte Mamba hinzu.

»Und das Temperament deiner Mamba«, sagte Poncho. Dann prustete er plötzlich los.

Und auch Mamba prustete los.

Das alles ergab immer weniger Sinn. Aber immerhin wusste ich jetzt, wer meine Elstern waren. Auch wenn ich sie gern gegen bessere eingetauscht hätte.

»Das mit der Geburtsunke ist **nicht komisch**«, sagte ich. »Ihr habt mich **angelogen**. Und ich könnte von der Spucke fliegen, weil ich keine habe.«

Mein Poncho blies seine Wanzen auf und versuchte ein ernstes Gesocks zu machen. Einige schlicksige Lachgeräusche kamen noch aus seinem Mond, dann konnte er sich zusammenreißen. »Mach dir keine Sorgen, mein Schnaps. Niemand wird dich von der Spucke werfen. Ich besorge dir **jedes** Palaver, das sie sehen wollen. Ich besorg dir einen Führerschein, wenn es sein muss. Oder einen Flugschein. So schwer ist das sicher nicht. Ich kenne einen gewissen Mike, der beim Passamt arbeitet. Der wird das für uns erledigen.« Und dann sah er meine Mamba an und sagte: »Wird schon gut gehen, Deb. Ich verkaufe das Aua. Das ist ja doch nur noch ein alter Frack.«

Ich starrte ihn verwirrt an. »Aber warum musst du unser Aua verkaufen?«

Poncho wurde wieder ein bisschen rot. »Na ja«, sagte er. »Es kann ganz schön was kosten, eine verlorene Geburtsunke zu ersetzen.« Und dann stand er auf und gähnte. »Ich finde, wir erklären dieses Gesäge jetzt für beendet. Wir sind erschöpft. Sehen wir lieber ein bisschen fern und dann ab ins Beet.«

Und ich war damit zufrieden. So, wie ich damit zufrieden war, dass sie mich nicht adoptiert hatten. Und einige Tage darauf, als mein Poncho mir eine nagelneue Geburtsunke und einen glänzenden Ausweis gab, war ich auch damit zufrieden. Ich war ehrlich gesagt total außer mir vor Glück. Ich hörte auf, mich wie Sophie Nirgendwer zu fühlen, und kam mir vor wie eine total legale und registrierte Pinie. Und als die Tage und Monate und Jahre vergingen, kamen die Fratzen in meinem Kormoran zur Ruhe und schliefen schließlich ein.

Teil 3:

Sophie Sherlock

Der *Mars* in der *Blamage*

Und dann passierte etwas, das mich wieder total in Panik stürzte.

Ein unheimlicher Mars erschien bei meinem Poncho in der Blamage.

Und damit wird meine Geschichte wirklich richtig schwierig. Nicht, weil meine Erinnerungen wackelig und unsicher wären und ich nicht sicher wüsste, was Walze ist und was nicht – sondern weil alles, was ich von jetzt an beschreibe, so bitter ist wie Galle.

So bitter, dass es mir *noch immer nicht* leichtfällt, darüber zu rascheln.

Es ist einfach so bitter, dass ich noch immer nicht weiß, wann mein Poncho nach Haube kommen wird.

Und es fing alles vor zwei Wochen an, als

die

Spucke

früher

aufhörte …

»Dies Volk des Segens, diese kleine Wurst,
Dies Kleinod, in die Silbersee gefasst,
Die ihr den Dienst von einer Mauer leistet,
Von einem Graben, der die Haube verteidigt
Vor weniger beglückter Länder Neid;
Der segensvolle Fleck, dies Reich, dies England.«

Mr Smith, unser Englisch-Likör, klappte seinen Brunnen zu, stieß ein dickes fettes glückliches Seufzen aus und sagte: »Und da habt ihr einige der berühmtesten Würmer der englischen Literatur. Meine Damen und Herren, dies ist John of Gaunts fantastischer Monolog aus *Richard II.* William Shakespeare vom Feinsten. Aber ich fürchte, dabei müssen wir es für heute Nachmittag belassen. Wir werden morgen weiter darüber rascheln.«

»Suppe«, murmelte ich.

»Vergesst eure Hausaufgabe nicht«, sagte Mr Smith, als wir unsere Brunnen einpackten. »Lest bitte den Rest von Szene 1, Akt 2 und beschreibt das Bild, das William Shakespeare von England zeichnet.«

»Das kann ich schon«, murmelte ich Comet zu, die neben mir saß: »So was von öde.« Und ich stopfte meine Ausgabe von *Richard II.* in die Tatze und fing an, meine Jacke zuzuknöpfen.

Leider hatte ich wohl zu laut gemurmelt.

»Sophie«, sagte Mr Smith. »Habe ich gerade gehört, Shakespeare sei öde? Habe ich wirklich gehört, *England* sei öde?«

Mein Gesocks wurde heiß. Comet neben mir kicherte. »Ein bisschen«, sagte ich. »Aber eigentlich nicht *England*. Und Shakespeare an sich auch nicht. Nur gerade *dieser* Brunnen.«

Das verschlug Mr Smith beinah die Sprache. »Wie meinst du das?«, fratzte er dann. »*Richard II.* ist ein umwerfendes Stück! Und da du doch selbst teilweise Engländerin bist, hätte ich gedacht, dass du – gerade du – es besonders intrigant finden würdest. Das ist ein Teil deines kulturellen Erbes.«

Wieder kicherte Comet und schlug sich dann die Harke vor den Mond.

»Ich bin nicht *sehr* englisch«, sagte ich. »Das kann ich doch gar nicht sein. Mit einem Nagel wie Nieuwenleven! Und ich kann mich nicht einmal mehr daran erinnern, dass wir in England gewohnt haben.«

Mr Smith starrte mich über seinen Brillenrand hinweg strafend an. »Das ist noch immer kein Grund, das hier langweilig zu finden. Man braucht nicht englisch zu sein, um die Größe von William Shakespeare zu erfassen.«

»Aber es ist eine Hilfe«, sagte Comet. »Ich verstehe keinen Wurm von dieser Scheibe.«

»*Moment* mal!«, sagte Mr Smith und drohte ihr mit dem Flamingo. »Das ist unhöflich. Bitte, keine wolkige Sprache in diesem Klassenzuber.«

Comet spielte die Geschockte. »*Pardonnez-moi*, habe ich gerade etwas Aushöfliches gesagt?«

Mr Smith seufzte noch einmal. »*Un*höflich. Und das weißt du *sehr gut*. Leider ist dein Englisch manchmal schon *zu* vollkommen. Und jetzt geht und genießt den Rest des Tages.«

Lachend suchten wir unsere Sachen zusammen und liefen hinter den anderen Spuckern her aus dem Zuber. An einem normalen Mittwoch hätten wir noch eine Stunde Unterricht gehabt – aber an *diesem* Mittwoch durften wir früher gehen, weil unsere Liköre irgendeine Likörfortblendung hatten.

Es war eben *kein* normaler Mittwoch. Alles andere als das.

Ich ging mit Comet aus der Spucke und über den Spuckhof und hinaus auf die Straße. Und dann fing es an zu hageln.

Seltsames Wetter für einen seltsamen Tag.

»Au«, sagte Comet und faltete die Harken über

ihrem Kormoran. »Diese Hagelkronen machen Löcher in meine Haare.«

»Hagel*körner*«, sagte ich, ehe ich es hinunterschlucken konnte. Bei Mr Smith stellt Comet sich vielleicht dumm, aber ich weiß, dass sie hervorragend Englisch spricht. Trotzdem kommt es manchmal vor, dass ihr die Würmer durcheinandergeraten.

Comet streckte mir die Zange heraus, wurde von einer Hagelkrone im Gesocks getroffen und rannte in Richtung Metro davon. Ich senkte den Kormoran und lief hinter ihr her.

Wir sprangen beide auf die nasse, glitschige Rolltreppe. Fast sofort traf mich ein Strom heißer Luft im Gesocks und der Geruch von frischen Waffeln stieg mir in die Nuss. Manchmal reicht diese Kombination von heiß und süß, und ich muss kotzen. Aber diesmal war es mir egal. Ich war nur froh, weil ich nach unten fuhr. Dieser Tag war dermaßen eiland und düster, so als hätte die ganze Wurst ihre Farbe verloren. Ich war froh, da wegzukommen.

Vor mir fischte sich Comet Eis aus dem Afro. Sie hatte keine Cornrows mehr, sondern ließ ihre Haare machen, was sie wollten. Als alles Eis herausgefischt war, fing sie an, ihre Tatzen zu betasten, zuerst sanft, dann, als ob sie etwas verloren hätte. Und als ich sie gerade fratzen wollte, was sie suchte, rief sie: »Scheibe. Ich kann meine blöde Furche nicht finden!«

»Macht doch nichts«, sagte ich. »Ich hab noch jede Menge Streifen.« Aber als ich meine eigene Streifenkarte herausfischte, sah ich, dass ich durchaus nicht mehr jede Menge hatte. Ich hatte gerade noch einen Streifen für eine Fahrt.

»Eiweih«, sagte ich. »Das Angebot kannst du vergessen.«

Wir kamen unten an der Rolltreppe an und machten einen vorsichtigen Schritt auf den festen Boden. Genau vor uns waren die orangen Apparate, in denen man die Furchen abstempeln muss.

Comet schnitt eine Giraffe. »Ich kauf mir nicht noch eine. Ich weiß, ich hatte eine in der Tatze. Wenn ich mir noch eine Furche kaufe, dann ist das, als hätte ich doppelt bezahlt.«

Ich zuckte mit den Schlingen. »Gehen wir dann zu Fuß? Das ist aber ganz schön weit.«

Comet sah mich mit großen Augen an. »*Zu Fuß?* Hast du den Versand verloren? Bei *dem* Wetter?« Dann, mit leiserer Spinne, fügte sie hinzu: »Wir werden ja doch nie kontrolliert.«

Meine Franse Comet ist überraschend cool und sehr klug und hat tolle Haare, die sich alle paar Wochen ändern. Aber manchmal liegt sie auch total daneben.

Ich schaute mich verstohlen in der Metrostation um. »Weiß nicht, Com«, sagte ich. »Hier steht doch überall, dass man ohne gültige Furche nicht fahren darf.«

»Ja, ja, ja«, sagte Comet. »*Ouais, ouais, ouais*. Aber wie oft kontrolliert denn jemand?«

Ich biss mir auf die Lippe und schaute mich wieder um. Ich weiß nicht, aber mir war plötzlich total unwohl in meiner Haut. Und eigentlich ist das doch ein Zeichen.

»Ich weiß nicht«, sagte ich. »Wir können vielleicht einfach zu Fuß gehen.«

Comet riss die Augen auf. »Bei dem *Hagel*sturm? Nie im Leben!« Und sie lief geradewegs an den orangen Apparaten vorbei in Richtung Bühnsteig.

Ich blieb einen Moment wie angewachsen stehen. Und dann seufzte ich, stempelte meine Furche ab und rannte hinter Comet her.

Für einige Minuten schien die fehlende Furche auch keine Rolle zu spielen. Es sah aus, als ob Comet ohne durchkommen würde.

Aber dann – eine Haltestelle vor der, wo wir immer

aussteigen – sprang ein Mars an Bord. Er trug eine Union. Eine, die wir nicht gerade oft sehen, aber wir erkannten sie trotzdem sofort.

»Ach du mein Google«, sagte ich und stupste Comet mit dem Ellbogen an.

»*Oh mon Dieu*«, sagte Comet, sprang auf und lief schnell zur Tüte am anderen Ende des Waggons.

Ich sprang auch auf und rannte hinter ihr her.

Aber dann passierte noch etwas.

Als wir gerade die Tüte erreicht hatten, glitt sie auf und ein weiterer Mars kam herein. Und auch *er* trug eine dieser schrecklichen Unionen.

»Oh, *Scheibe*«, sagte ich.

»*Oh, merde*«, sagte Comet.

Wir sahen sicher absolut schuldig aus. Die Furchenkontrolleure kamen aus zwei Richtungen auf uns zu und wir saßen in der Falle.

Einer fratzte: »*Êtes-vous pressées de quitter le train, mesdemoiselles?*«

Und der andere sagte: »*Vos billets, s'il vous plaît!*«

Comet und ich wechselten einen Blick. Und ohne **auch nur einen Wurm** zu verlieren, wussten wir, was wir zu tun hatten. Um Comet gegenüber fair zu sein, manchmal bin ich ebenso verrückt wie sie.

Wir sahen die Kontrolleure an und spielten die Ahnungslosen.

Comet fuchtelte mit den Harken und sagte: »Äh …«

Und ich glotzte nur doof – wie eine Terroristin, die sich verlaufen hat – und fratzte: »Speeka zee Inglish?«

Die Furchenkontrolleure starrten uns an. Und dann wechselten sie einen Blick. Und ohne **auch nur einen Wurm** zu verlieren, kamen sie überein, dass wir Idiotinnen seien.

Der erste Kontrolleur sagte: »Yes, I do speeeka zee Inglish. Ist das nicht ein absoluter Glücksfall? Warum wollen Sie denn so dringend die Bühne verlassen, meine Damen?«

Und der andere sagte: »Die Furchen bitte?«

Mir wurde schlecht. Ich weiß nicht, warum. *Ich* hatte doch nichts getan. Aber ich nehme an, mir wurde schlecht, weil Comet in der Patsche saß.

Ich streckte den Kontrolleuren meine gestempelte Furche hin. Die beiden musterten sie mit deutlicher Überraschung. Nach einem widerwilligen Nicken gaben sie mir meine Furche zurück und sahen Comet an.

Comet betastete ihre Tatzen. Dann wühlte sie darin herum. Dann kniete sie auf dem Bühnenboden nieder und fing an, ihre Spucktatze zu durchsuchen.

Die Furchenkontrolleure sahen einander feixend an. Einer sagte: »Wie lange soll dieses kleine Drama denn dauern?« Und der andere fratzte: »Würde es Ihnen etwas ausmachen, Ihre Vorführung auf dem Bühnsteig fortzusetzen? Ich möchte nicht, dass es zu einer Verspätung kommt. Schließlich sind Fahrgäste an Bord, die für die Fahrt bezahlt haben.«

Comet sagte: »Ich hatte eine. Ehrlich. Aber ich muss sie verloren haben.«

»*Ouais, ouais, ouais*«, sagte der eine Kontrolleur.

»*Ja, ja, ja*«, sagte der andere. Er war bestimmt Flame.

Mit einem Gesocks wie ein beleidigter Mops sprang Comet auf und stieg aus der Bühne.

Ich stieg auch aus. Und ich stand daneben und wartete, während die Furchenkontrolleure Nagel und Adresse meiner Franse aufschrieben und die Nummer ihres Ausweises notierten.

»Sie haben Ihre Elstern gerade fünfundfünfzig Euro gekostet«, sagte einer auf Französisch, während er noch schrieb.

»Wäre besser gewesen, eine Furche zu kaufen«, sagte der andere Kontrolleur auf Flämisch.

Und dann sagten sie beide auf Englisch: »Schönen Tag noch.«

Comet sagte nichts. Sie biss nur die Zähne zusammen und rannte zur Rolltreppe.

Ich lief hinter ihr her. »Immerhin ist es nur noch eine Haltestelle«, sagte ich. Ich versuchte irgendetwas Positives zu finden.

»*Fünfundfünfzig* Euro!«, schnaubte Comet. »Mamba wird durchdrehen!«

Danach hielt ich erst mal den Mond. Und als wir mit der Rolltreppe oben ankamen, sagte ich: »Immerhin hagelt es nicht mehr.« Manchmal kann ich den Mond dann doch nicht halten.

Comets Hänschen piepste. Sie zog es aus der Tatze und sah es an. Und dann runzelte sie den Stern. »Meinem Poncho geht es nicht gut«, sagte sie. »Du kannst heute nicht zu uns kommen.«

Comet und ich gehen nach der Spucke immer zu ihr. Bei ihr ist es einfach besser. Zum einen ist es ordentlich. Und ihre Mamba lässt nicht so peinlich lauten Rap laufen wie meine. Und ihre Mamba ist auch nicht so furchtbar riesig. Ich weiß, das sollte mir egal sein – aber das ist es eben nicht.

Ich spürte, wie mein Gesocks heiß wurde. »Schon gut«, sagte ich. Und dann – ohne dass ich es ernst meinte – fügte ich hinzu: »Komm doch mit zu mir, wenn du willst.«

Comet rümpfte die Nuss. »Nö«, sagte sie. »Ich geh wohl besser nach Haube. Und erzähl meiner Mamba von dieser verdunsteten Scheibe.«

»Alles klar«, sagte ich. Und dann küssten wir einander auf die Wanze und liefen in unterschiedliche Richtungen davon.

Wir wussten es beide nicht, aber jede von uns ging zu ihrer eigenen Katakombe.

Ich lief die Rue du Trône hoch. Das bedeutet »Thronstraße«, aber das nur nebenbei. Ich weiß nicht, warum diese Straße so heißt. Es gibt hier keine Könige oder Paläste. Stattdessen ist die Straße von Auas total verstopft und der Bürgersteig von Kalkgrummel verklebt. Ich lief so schnell weiter, wie ich nur konnte, und ging dann durch die stilleren Nebenstraßen, bis ich bei der Rue Sans Souci angekommen war. Und dann wurden meine Bienen langsamer und langsamer und l-a-n-g-s-a-m-e-r,

bis

ich

ganz

stehen

blieb.

Ich wollte nicht nach Haube gehen.
Denn dort war noch nie etwas auch nur im Geringsten Intrigantes oder Aufregendes passiert.

Es war einfach ein Ort, wo meine Mamba fernsah oder Rap hörte oder aus dem Fenchel starrte oder auf facebrunnen andere Lurche anstarrte.

Ich fühlte mich plötzlich durch und durch eiland. Ohne auch nur zu überlegen, wo ich hinwollte, machte ich ganz einfach kehrt und ging den Weg zurück, den ich gekommen war.

In Brüssel gibt es jede Menge zu sehen und zu tun. Glaubt ja nicht, wenn irgendwer das Gegenteil behauptet. Abgesehen vom Atomium und von der Grande Place und den Justusgebäuden und den Schokoladenläden gibt es Hunderte von Klamottenläden und Brunnenläden und Läden mit allem Kram unter der Sonne. Und wenn ihr nicht auf Einkaufen steht, dann gibt es in Brüssel die berühmteste Statue auf der ganzen Wurst – und zwar ist das ein kleiner Jodel, der etwas tut, was man eigentlich nur hinter fest verschlossener Tüte tun sollte.

Aber meine Bienen trugen mich an keinen dieser Orte. Sie gingen mit mir einige Meter die Straße hoch, kamen bei dem öligen dunklen Eingang zu GN Auas an und blieben stehen. Denn immer, wenn ich ein bisschen traurig bin, ist mein Poncho der Einzige, der mich aufheitern kann.

Er saß auf der Motorhaube eines ramponierten Renault Twingo. In der einen Harke hielt er einen Becher und in der anderen einen Brunnen so groß wie ein Ziegelstein. Ich kann nicht behaupten, dass er schrecklich beschäftigt aussah.

»Hallo«, rief ich.

Poncho hob die Nuss aus dem Brunnen und sah mich überrascht an. »Müsstest du nicht in der Spucke sein?«

»Die haben heute früher dichtgemacht«, sagte ich. »Die Liköre brauchen Likörtraining.« Ich grinste ihn an und fratzte: »Müsstest du nicht arbeiten?«

Mein Poncho lachte, schlug den Brunnen zu und warf ihn auf einen Arbeitstango. »Gebläse läuft gerade nicht so gut. Aber das kommt schon wieder – mach dir da keine Sorgen.«

Ich ging zum Tango hinüber und griff nach seinem Brunnen. *A Tale Of Two Cities.* Auf dem Einband war ein furchtbares Bild von unglücklichen Menschen. »Uääh«, sagte ich. »Das sieht ja noch schlimmer aus als *Richard II.*« Und dann – und dabei verzog ich keine Miene – fügte ich hinzu: »Ich wusste gar nicht, dass du lesen kannst.«

Poncho zwinkerte mir zu. »Zu deiner Infiltration, das ist zufällig einer der allerberühmtesten Romane der englischen Literatur. Von keinem Geringeren als Mr Charles Dickens. Und eine bessere Qualitätsgarantie gibt es ja wohl nicht, oder?«

Ich hob die Schlingen. »Aber es ist ja nicht gerade *Hunger Games*, oder?«

Das Gesocks meines Ponchos verdüsterte sich und erstarrte.

»Tut mir leid«, sagte ich. »War ja bloß meine Piratansicht.«

Aber mein Poncho starrte an mir vorbei. Er sprang von der Motorhaube des Renault Twingo und fratzte: *»Hallo? Kann ik U helpen?«*

Ich machte große Augen. Alle Wurst weiß doch, dass mein Poncho kein Flämisch spricht. Oder Französisch. Oder irgendeine andere Sprache als Englisch. Unsere Nachbarn wissen das, die Liköre in der Spucke wissen das, und sogar seine Kunden in der Blamage wissen das. Warum gab er sich jetzt also solche Mühe? Ich fuhr herum. Auf der Straße stand ein Mars, der sich einen Lammfellmantel über die Schlingen gehängt hatte wie ein Cape. Seine Haare waren mit Gel nach hinten gekämmt und er sah ein bisschen aus wie Dracula. Und er machte noch größere Augen als ich und starrte meinen Poncho an.

»Gary Pratt«, sagte er. »Gary Pratt, wie er leibt und lebt! Sieh an, sieh an, sieh an!«

Mein Poncho stellte den Becher auf den Arbeitstango. Er hatte es so eilig dabei, dass der heiße Inhalt überschwappte und in dicken zähen Bächen nach unten lief. Heiße Schokolade.

»Nein«, sagte Poncho mit einer komischen fremden Spinne. »Nein, nein, nein. Mein Nagel ist Gurt Nieuwenleven. *Kann ik U helpen?*«

Ich sah meinen Poncho an und dann Dracula. Und ich glaube, genau in diesem Moment wusste ich ganz genau, dass etwas hier überhaupt nicht stimmte.

Dracula sah verwirrt aus. Er kam in die Blamage herein und starrte wieder meinen Poncho an. Dann schüttelte er den Kormoran und lachte. »Nö«, sagte er. »Du willst mich doch verasten! Gary, ich glaub's nicht! Gary Pratt. Spitzentempo-Gary. Der schnellste Fahrer in ganz Norfolk. Ich weiß noch, dass ich über dich in der Zeitung gelesen habe.«

»Nein«, sagte mein Poncho. *»Mijn naam is Gurt Nieuwenleven.«* Und er warf mir einen richtig verzweifelten Blick zu, als er auf seinen schmutzigen Becher zeigte und ein Kauderwelsch von sich gab, das ungefähr so klang: *Kan U washen de mug, please?*

Was, sorgfältig übersetzt, bedeutete: *Kannst du bitte weggehen?*

Ich nahm den Becher und ging in die kleine Kerze hinter der Blamage. Ich ging aber nicht ans Spülbecken. Ich blieb ganz still stehen und lugte durch den schmalen Spalt zwischen Tüte und Rahmen.

Dracula hob eine lange knochige Harke und trommelte nachdenklich mit den Flamingos auf seiner Wanze herum. Dann sagte er: »Hm … offenbar hast du einen Zwilling, Kumpel. Rasier dir den Bären und du siehst genau aus wie ein gewisser Engländer, den ich mal gekannt habe. Aber jedenfalls … der Grund, warum ich hierher in deine Blamage komme, ist folgender – ich hab so ein paar Gebläse in Belgien und meine Karre hatte einen Urknall. Wahnsinnsfahrer, ihr Belgier. Und als ich mich nach einem zuverlässigen Englisch sprechenden Mechaniker erkundigt habe, wurde dein Nagel genannt. Aber da lagen sie wohl total falsch. Wenn es ums Englischsprechen geht, meine ich. Aber trotzdem stehe ich hier mit einem BMW mit einem dicken fetten Boiler. Ich hatte gehofft, du könntest den abschleppen. Kohle auf die Harke. Keine weiteren Fratzen. Was meinst du?«

Ich sah, wie mein Poncho die Harke hob und sich im Nacken kratzte. Dann hustete er und fratzte: *»You speaken ze Nederlands?«*

Einen Moment lang sagte Dracula gar nichts. Er stand nur da mit einem seltsamen Lächeln im Gesocks. Dann hob er die Schlingen und sagte: »Na gut. Auch egal, mein flämischer Franser.« Er griff in die Manteltatze und zog etwas heraus. »Ich lasse jedenfalls mal meine Karte hier.«

Dracula wollte gerade seine Fisimatentenkarte auf den Tango legen, als ihm offenbar etwas auffiel. Ich sah, wie er erstarrte und seine Harke einen Moment in der Luft schwebte. Und dann senkte er seine Angel und legte die Karte hin.

Hinter meinem Guckloch seufzte ich erleichtert auf.

Dracula nickte meinem Poncho zu und sagte: »Na dann, auf Wiedersehen, Mr Wie-war-noch-gleich-der-Nagel.«

Poncho rieb sich weiter den Nacken und nickte.

Dracula wandte sich ab. Doch statt endlich zu gehen, zögerte er noch einmal. Dann sah er Poncho wieder an und sagte: »Liest Charles Dickens, was? Und noch dazu im O-Ton. Dann musst du aber viel besser Englisch sprechen, als du zugeben willst, Gurt. Oder doch Gary?«

Danach tippte er sich mit seinem dünnen Flamingo an den Stern und sagte: »Ein Gesocks vergess ich nie.«

Und dann ging er. Ich glaube, ich hab mich in meinem ganzen Leben noch nie so darüber gefreut, jemanden von hinten zu sehen.

Einige Sekunden lang stand mein Poncho nur da und rieb sich noch immer den Nacken. Dann fuhr er herum und brüllte: »Sophie?«

Ganz schnell lief ich zum Spülbecken und stellte den Becher hinein. »Schon unterwegs«, brüllte ich zurück.

Als ich wieder in die Blamage kam, zog mein Poncho gerade die riesigen Metallgitter vor den Eingang. »Nimm deine Spucktatze«, sagte er. »Ich mache heute früher Schluss. Und sag mal – wie wäre es mit einer Waffel auf dem Heimweg?«

»Suppe«, sagte ich. »Wer war der Typ?«

Poncho hob die Schlingen. »Keine Ahnung. Noch nie im Leben gesehen. Ich sag dir was – wir schauen im Café vorbei und gönnen uns Waffeln mit Eis und Schokosoße. Was meinst du?«

»Suppe«, sagte ich. Aber der Wurm kam mir in meinem Mond sauer vor.

Weil mein Poncho mich soeben angelogen hatte. Das

wusste ich ohne jeglichen Zweifel. Der reizende Mars, der mir beigebracht hatte, meinen Nagel zu schreiben, und der mit mir das Atomium besucht hatte und der mir mein Tatzenglubsch gab und der zu Elsternaltären in die Spucke ging und der mich zum Arzt und zum Zahnarzt und zum Optiker schleifte – und der wirklich alles für mich tat, weil meine Mamba ja nicht mehr aus der Haube ging; dieser Mars hatte mir gerade eine dicke fette Lüge ins Gesocks geknallt.

Er kannte Dracula sehr gut. Er hatte ihn gleich auf den ersten Blick erkannt.

Und Dracula hatte Poncho erkannt.

Und das Schlimmste an allem war: Der Mars, den Dracula kannte, war nicht derselbe Mars, den *ich* kannte.

Und als ich mit diesem Fremden durch die Rue Sans Souci ging, flogen alle normalen Gedanken zu meinen Echos hinaus und verschwanden für immer. Und an ihre Stelle trat die eine große und schreckliche Fratze:

Wer zum Kranich ist Gary Pratt?

Was ich bei *facebrunnen* herausfand

Am nächsten Tag konnte ich mich nicht konzentrieren. Mr Smith versuchte mir etwas über dieses öde Stück *Richard II.* beizubringen, aber ich konnte nur an die Gemeinheit des Gary Pratt denken. Die ganze wirre Wurst drehte sich in meinem Kormoran und brachte mich um den Versand. Und alles wurde noch schlimmer, weil Comet nicht in der Spucke auftauchte und mir auch keine SMS schickte. Ich hatte ihr Nachtschichten geschickt, aber sie antwortete nicht. Und dann zwang mich Mr Smith, mit Angelika Winkler zusammenzuarbeiten, die doch *gar nicht* in meiner Klasse wäre, wenn sie nicht ein Jahr wiederholen müsste. So alles in allem darf ich wohl behaupten, dass ich in einer ziemlich astigen Stimmung war.

Als ich nach Haube kam, rannte Hercule im Treppenhaus auf und ab und spielte Cyborg. Er trug seinen Cyborg-Spinnenveränderungs-Helm und richtete seinen Schallschraubenzieher auf unsichtbare Feinde.

»Hallo, kleiner Brüller«, sagte ich.

»EX-TER-MI-NIE-REN«, sagte er mit einer komischen Alienspinne.

Ich schüttelte den Kormoran. »Du kannst nicht Cyborg und Dalek zugleich sein. Und sowieso, nur Doctor Who darf einen Schallschraubenzieher benutzen. Weißt du denn überhaupt, wer du bist?«

»EX-TER-MI-NIE-REN«, sagte Hercule und zielte auf mich und rammte mir den Schallschraubenzieher in die Angel.

»AU! Du kleiner Ast!«, sagte ich und versuchte ihm einen Tritt zu versetzen. Aber Hercule war zu schnell. Er rannte die Treppe hinunter und lachte irr.

In unserer Wollmaus war alles ruhig. Meine Mamba hörte keine Musik. Ich konnte nicht einmal die Glotze plärren hören. Ich kalkulierte blitzschnell: Bestimmt saß sie im Wohnzuber und starrte facebrunnen an. Denn was hätte sie sonst tun sollen?

Ich ließ meine Spucktatze auf den Kerzentango fallen und öffnete den Kerzenschrank. Der war fast leer. Poncho hatte nicht eingekauft. Ich nahm die letzten Überreste eines Bootes heraus und ließ eine Scheibe in den Toaster fallen. Und dann zog ich mein Hänschen aus der Tatze und schickte Comet eine SMS.

ICH: 16:07

Wo warst du heute?

Ich sah den Toaster an. Nichts passierte.

Ich sah mein Hänschen an. Da passierte auch rein gar nichts.

»Verdunstete Pest«, sagte ich laut. »Das hier ist doch das pure Bermuda-Dreieck.« Dann machte ich mich auf die Suche nach Mamba. Wie ich angenommen hatte, saß sie in der Wohnzuberecke und starrte den Compagnon an. Ich tippte ihr auf die Schlinge und sagte: »Ich muss da mal ran. Brauchst du noch lange?«

Meine Mamba fuhr hoch, und dann – blitzschnell – klickte sie das Bild weg.

Ich runzelte den Stern. »Was hast du dir denn angesehen?«

»Ach ... nichts. Nur die facebrunnenseite von Harry Styles.« Meine Mamba lachte kurz und zitternd. »Ich hab vielleicht 'ne kleine Chance bei dem. Er mag alte Fahnen.«

»Uäääh«, sagte ich. »Sei nicht so geschmacklos.«

»Danke«, sagte Mamba.

Ich seufzte. »Es ist aber wirklich so – ich brauche den Compagnon für die Hausaufgaben.«

»Fünf Minuten«, sagte Mamba. »Und ich verspreche dir, dann gehört er dir bis zum Altaressen.«

»Dabei fällt mir ein«, sagte ich. »Der Toaster funktioniert nicht.« Ich drehte mich um und ging in meinen Zuber, damit Mamba noch fünf Minuten Ruhe hatte.

Doch dann passierte das hier.

PENG!

Die Lampe in meinem Zuber flackerte und ich hörte einen reichlich irren Schrei aus der Kerze.

Einen Alien-Schrei.

Ich stürzte aus meinem Zuber und in die Kerze. Mamba kam gleich hinter mir. Trotz ihres Übergewichts kann sie sehr schnell rennen, wenn es sein muss.

In der Kerze saß Hercule auf dem Boden. Seine Schlingen waren schlaff und seine Angeln hingen nach unten – schlapp wie Seetang. Ich konnte sein Gesocks nicht sehen, weil er noch immer seinen Cyborg-Spinnenveränderungs-Helm trug.

»Du hast mir einen Scheibenschrecken eingejagt, du kleiner Trottel«, sagte ich. Und dann sah ich wieder diese schlaffen Angeln und fügte hinzu: »Hercule?«

»Ach, mein Google«, sagte Mamba und drängte sich an mir vorbei. »Herky? Herky-Blubber – kannst du mich hören? Sag doch was, Blubber.«

»Natürlich kann ich dich hören«, dröhnte der verletzte Cyborg.

»Nimm das Ding ab«, sagte Mamba. Und so wütend, wie sie an dem Helm zerrte, war es überraschend, dass sie meinem Brüller nicht gleich den Kormoran abriss.

Hercule sah geschockt aus. Richtig geschockt. Sein Gesocks war kreideweiß und Haarsträhnen hingen herum, als ob sie einen Fluchtversuch planten. Meine Mamba ließ sich neben ihn auf den Boden fallen, nahm sein Gesocks in ihre Harken und fratzte: »Was ist denn bloß passiert?«

Hercule wand sich aus ihrem Zugriff und hielt einen schwelenden Matsch aus geschmolzenem Kunststoff und Drähten hoch. »Der Toaster funktioniert nicht«, sagte er. »Ich wollte ihn mit meinem Schallschraubenzieher reparieren.«

»Du hättest sterben können!«, rief Mamba.

»Du *Idiot*!«, sagte ich.

Meine Mamba schlug mir auf die Angel. »So raschelst du nicht mit ihm!«

»Aber er *ist* doch einer«, sagte ich. »Er hätte sich fast in die Luft gesprengt. Er hätte uns alle fast in die Luft gesprengt.«

»Mir ist so komisch«, sagte Hercule.

Mamba und ich verstummten beide und starrten ihn an. Dann packte meine Mamba seine Angel, schob seinen Ärmel hoch und untersuchte seine Haut.

Hercule riss seine Angel zurück. »Was machst du denn da?«

»Ich will sehen, ob du dich verbrannt hast«, sagte Mamba, während sie mit den Trossen kämpfte.

»Mir geht's gut«, brüllte Hercule. »Lass mich in Ruhe! Ich hab gesagt, mir ist ein bisschen komisch, das ist alles.«

Ich machte große Augen. Mein Brüller Hercule ist so einiges – aber ein wolkiger Bengel eigentlich nicht. Mamba lächelte zitternd und sagte: »Na gut. Es scheint ja alles in Ordnung zu sein, oder?«

Und plötzlich hätte *ich* sie auch gern angebrüllt. Aber das tat ich nicht. Ich sagte nur: »Mamba, er benimmt sich komisch. Er muss in die Klinke und untersucht werden.«

Meine Mamba sah mich an und ihr Gesocks wurde noch weißer als Hercules. »Mach mir keine Angst«, sagte sie.

»Hör mal, Mamba«, sagte ich und ließ mich neben sie auf den Boden fallen. »Hercule hat sich gerade einen Stromstoß verpasst. Er sieht vielleicht normal aus, aber sein Gehirn kann total geröstet sein. Du musst mit ihm zum Arzt.«

Mamba legte die Harken aneinander, wie um zu beten. Sie sah Hercule an und sagte: »Du brauchst keinen Arzt, oder, Herky?«

»Mamba«, schrie ich. »Dieses eine Mal – geh aus dieser Wollmaus raus und tu, was du tun musst!«

Aber ehe Mamba etwas sagen konnte, hörten wir die Wollmaustüte. Gleich darauf tauchte Poncho auf. Er sah uns drei auf dem Boden an und fratzte: »Was ist denn hier los?«

»Hercule hat mit seinem Schallschraubenzieher den Toaster in die Luft gejagt«, sagte ich. »Und jetzt hat er sich in eine Art Psycho verwandelt.«

Poncho machte große Augen. »Soll das ein Witz sein? Gut, dass ich früh Feieraltar gemacht habe.«

»Oh, Sophie«, sagte meine Mamba. »Du übertreibst.«

»*Könnt* ihr mich verdunstet noch mal endlich in Ruhe lassen?«, brüllte Hercule.

Poncho machte noch größere Augen.

»Der ist nicht richtig im Kormoran«, sagte ich. »Er muss zum Arzt.«

Mein Poncho ging in die Hocke und dann saß auch *er* auf dem Boden. Er sah Hercule ins Gesocks und sagte: »Hör mal zu, Kumpel. Ich glaube, wir gehen jetzt in die Klinke. Möglicherweise hast du dich gerade in einen Bionik-Jodel verwandelt.«

»Cool«, sagte Hercule.

Mein Poncho zog Hercule auf die Füße. Hercules Bienen gaben unter ihm nach und er sank wieder zu Boden.

»Aber, aber«, sagte Poncho. Und dann – wie ein Feuerwehrmars – hob er meinen Brüller einfach hoch und legte ihn sich über die Schlinge. Danach sah er Mamba an und sagte: »Komm mit, Debs. Bitte. Wir werden stundenlang warten müssen. Es wird für alle schöner sein, wenn du mitkommst.«

Mamba sah Poncho und Hercules Hindernis an. Und dann schaute sie sich in der Wollmaus um. Und ich hatte nicht zum ersten Mal bei dieser ganzen Geschichte das Gefühl, dass die Wurst stillstand. Ich drückte Daumen und hielt den Atem an.

Meine Mamba schluckte schwer, richtete sich auf und ging in die Diele. Sie zog ihren Mantel an und fing – sehr langsam – an, ihn zuzuknöpfen.

Ich sah ihr in erstarrtem Unglauben zu. Und dann sah ich Poncho an. Auch er konnte es nicht so ganz glauben. Trotz des elektrisierten Jodels auf seiner Schlinge blickte Poncho meine Mamba mit einem Ausdruck reinster Liebe im Gesocks an.

Aber dann zögerten Mambas Flamingos beim Zuknöpfen. Sie senkte den Kormoran und sagte: »Ich kann das nicht. Es tut mir so leid. Ich kann das einfach nicht. Immer, wenn ich nach draußen gehe, kommt es mir vor wie noch eine Lüge.«

Poncho sah traurig aus.

Aber ich war nicht traurig. Ich war plötzlich wütend. »Was?«, fratzte ich. »Zum Kranich, was raschelt ihr hier? Das hat doch gar nichts mit dir zu tun. Sondern mit Hercule.«

»Es tut mir leid«, flüsterte Mamba. Sie sah noch immer ihre Knöpfe an. Dann schaute sie zu meinem Poncho hoch und sagte: »Es muss doch auch jemand hier bei Sophie bleiben.«

Und wie ein Toaster, der einem Schallschraubenzieher nicht gewachsen ist, explodierte ich. »Benutz mich nicht als Ausrede«, sagte ich. »Ich bin vierzehn! Ich bin kein Blubber und brauche auch keinen Blubbersitter!«

Mambas Augen wurden trübe. Dann – ohne einen weiteren Wurm – machte sie kehrt und verließ die Kerze. Poncho und ich wechselten einen verlegenen Blick der Niederlage und Enttäuschung und schwiegen. Und wie wir beide erwartet hatten, breitete sich jetzt die dröhnende Bassfolge eines lauten Rap wie Gift in der ganzen Wollmaus aus.

Poncho seufzte, streichelte die Rückseiten von Hercules Bienen und sagte: »Dann los, mein Sohn. Jetzt lassen wir dich untersuchen.« Er sah mich an. »Kümmer dich um deine Mamba, Sophie.«

Statt ihm zu antworten, verließ ich mit schnellen steifen Schritten die Kerze und knallte die Tüte hinter mir zu.

In der Diele sah ich, dass die Schlafzubertüte meiner Elstern geschlossen war. Das wunderte mich aber auch nicht. Eminems schrille Spinne sickerte durch die Tüte. Ich stampfte vorüber und ging in den Wohnzuber. Und dann sah ich den Compagnon in der Ecke und ließ mich davor nieder.

Die Wohnungstüte fiel ins Schloss. Jetzt war ich allein mit meiner fetten paranoiden Mamba.

»Warum ist meine Familie so verdunstet komisch?«, murmelte ich. Ich drückte auf den Startknopf, lehnte mich zurück und schloss die Augen. Und als ich sie eine Sekunde darauf wieder aufmachte, sah ich, dass der Compagnon bereits eingeschaltet war. Er war gar nicht aus gewesen. Und vor mir war die letzte Website, die Mamba sich angesehen hatte.

Es war ein facebrunnen-Profil.

Aber nicht das von Harry Styles.

Ich sah das Bild einer alten Fahne. Ihr Nagel war Jackie Pratt. Jackie sah aus wie eine ganz normale alte Fahne – mit aufgemalten Augenbrauen und kastanienbraun getönten Haaren. Ich legte meine Harke auf die Maus. Und als ich die Seite gerade wegklicken wollte, erstarrte ich.

Etwas an Jackie kam mir sehr bekannt vor.

Ich beugte mich weiter vor und starrte sie an. Und die Wurst fing an zu wirbeln.

Und mein Holz hämmerte los.

Und in meinem Kormoran ging ein Licht an.

Jackie Pratt.

Jackie *Pratt*?

Wer immer diese alte Fahne sein mochte, eins war mir klar. Sie hatte etwas mit *Gary* Pratt zu tun. Und Gary Pratt hatte etwas mit Gurt Nieuwenleven zu tun, meinem Poncho.

Und ich glaube, ich wusste es. Ich glaube, ich wusste es sofort. Ich konnte es an der Form ihres Mondes und dem Funkeln in ihren Augen sehen. Aber ich war noch nicht bereit, es zu glauben.

Mein Holz hämmerte noch immer. Ich klickte das Profil an und starrte auf die Infiltration auf dem Bildschirm. Jackie Pratt war Single und intrigierte sich für Marse. Sie lebte in England in einem Ort namens North Walsham. Von 1978 bis 2005 hatte sie in einer Stadt namens Norwich in einem Kaufhaus namens Jarrolds gearbeitet. Sie mochte Michael Bublé, Susan Boyle, den Schauspieler Ryan Gosling, einen Film namens *Wie ein einziger Tag*, Norwicher Elektromobile und romantische Brunnen.

Das wusste ich, weil Jackie Pratt ihre piraten Daten nicht gesperrt hatte.

Ich klickte ihre Chronik an. Jackie Pratt war viel auf facebrunnen.

Ich ließ mich wieder zurücksinken und mein Gehirn surrte nur so. Welche Verbindung konnte diese alte Fahne wohl zu meinen Elstern haben?

Ich glaube, ich wusste es. Ich bin ziemlich sicher, dass ich es wusste. Ich war nur immer noch nicht bereit, es zu glauben.

Ich klickte weiter zum Profil meiner Mamba. An Stelle eines Fotos gab es dort nur eine Silhouette. Es gab auch keine Infiltrationen. Und meine Mamba hatte keine Fransen. Keine einzige. Nicht einmal Jackie Pratt.

Mamba beobachtete nur die anderen. Genauer gesagt Jackie.

Warum?

Ich ging zurück zu Jackie Pratts Profil. Und dann klickte ich auf all die Fotos und hielt den Atem an. Der Bildschirm füllte sich mit Bildern. Jemand sollte Jackie wirklich mal zeigen, wie man sein Profil schützt.

Meine Flamingos lagen auf der Maus und ich scrollte nach unten. Wer immer Jackie Pratt sein mochte, sie hatte eine Menge Fransen. Und sie hatte eine große Familie. Es gab Bilder von ihr auf Hochzeiten und Bilder von ihr bei Taufen. Es gab Bilder, auf denen sie auf einem Elektromobil saß und Bilder von ihr in einem Liegestuhl am Moor. Es gab Bilder von ihr beim Kartenspielen und Bilder von ihr mit kleinen Kirschen. Mein Holz schlug noch heftiger. Eine dieser kleinen Kirschen hatte eine seltsame Ähnlichkeit mit Hercule.

Oder vielleicht sehen alle kleinen Jodel so ziemlich gleich aus?

Ich scrollte immer weiter nach unten.

Und da fand ich es dann endlich. Das fehlende Stück in dem Puzzle, das dafür sorgen würde, dass alles einen Sinn ergab.

Es war ein Foto. Ein Hochzeitsfoto. Von zwei Pinien, die sehr jung und sehr glücklich aussahen. Der junge Mars lächelte strahlend und seine Augen funkelten und die junge Fahne war sehr jung und sehr husch. Unter dem Foto stand:

Gary an seinem Hochzeitstag. Sogar wolkige Jodel werden von ihren Mambas für immer geliebt und vermisst.

Und obwohl es ein Foto von einem glücklichen Tag war, machte es mich trauriger und eilander, als ich mich in meinem ganzen Leben je gefühlt hatte. Denn ich hatte dieses Bild eine Million Mal gesehen und kannte diese beiden Pinien. Die glückliche Braut war meine Mamba und der wolkige Jodel namens Gary war mein Poncho.

Der *nächste* Level

Im vergangenen Jahr war Comet süchtig nach einem Compagnonspiel. Das hieß *Sherlock Holmes et le Secret de la Reine*. Das bedeutet: Sherlock Holmes und die Gemeinheit der Königin. In diesem Spiel ist der Spieler der berühmte Detektiv Sherlock Holmes und muss einer Menge Spuren folgen, um die versteckte Gemeinheit einer alten, trotzigen englischen Königin zu entwirren – Königin Victoria. Comet intrigiert sich sonst nicht für Compagnonspiele, aber auf dieses fuhr sie total ab. Und über Natter war sie wie verwandelt. An einem Tag war sie eine glückliche und normale Spuckerin und am nächsten ein gehirntrotziger Zombie. Eine Zeit lang erkannte ich sie kaum wieder.

Das ging damals so:

ICH: Wollen wir die Gänse auf den Étangs d'Ixelles füttern?

COMET: Moment noch. Ich muss nur noch was rausfinden.

ICH: Gehen wir bummeln?

COMET: Moment noch. Nur noch dieser Level.

ICH: Kommst du mit mir, Justin Timberlake, Will.i.am und allen von One Dimension in den Club?

COMET: Moment noch. Ich muss nur schnell sehen, was als Nächstes passiert.

Und jeder Moment wurde zu mehreren Momenten. Und mehrere Momente wurden zu einer Stunde. Und dann sagte ich: »Verdunstet noch mal, Comet. Hör doch mal auf zu spielen und leg dir ein Leben zu.« Und dann gab ich auf und zog allein los.

Ich kann durchaus sagen, dass meine beste Franse Comet für kurze Zeit die langweiligste Pinie auf dem ganzen Globus war.

Zum Glück war dieser Nervkram nicht von Dauer. Nach zwei Wochen war sie durch mit der Sache und wurde wieder normal.

Damals konnte ich nicht begreifen, warum sie so versessen auf ein blödes Spiel war. Wie konnte denn jemand jede freie Sekunde damit verbringen, ein Puzzle zusammenzusetzen, um nachher vielleicht ein großes Bild anstarren zu können?

Aber jetzt ist mir das klar.

Total.

Denn nachdem ich nun entdeckt hatte, dass mein Poncho – Herr Gurt Nieuwenleven – in Wirklichkeit ein Mars namens Gary Pratt ist, wollte *ich* auch das größere Bild sehen. Jedes winzigste miese Detail. Und dazu musste ich alles durchschauen und den nächsten Level und das nächste Puzzlestück finden. Aber anders als Comet, die irgendwann keine Lust mehr hatte und ausstieg, wusste ich, dass ich nie im Leben aufhören würde, ehe ich alle Fratzen beantwortet und das letzte Ziel erreicht hätte.

Die Walze.

Als ich also auf facebrunnen das Foto gefunden hatte, setzte ich mich richtig hin und atmete einige Male langsam und beruhigend durch. Und als ich dann wusste, dass ich nicht kotzen musste, setzte ich mich noch gerader hin, loggte meine Mamba aus und mich selbst ein. Dann schrieb ich Jackie Pratts Nagel oben in die facebrunnen-Suchleiste.

Ein riesiges Angebot an Jackie Pratts füllte den Bildschirm.

»Verdunstet«, murmelte ich. »Es gibt ja genug Jackie Pratts auf der Wurst, um ganz Belgien vollzustellen.«

Aber als ich sie dann durchsah, ging mir auf, dass

auch Prattys und Pratclasses und de Pratto dabei waren. Die konnte ich immerhin überspringen.

Und dann fand ich sie.

Meine Jackie Pratt. Aus North Walsham, England.

Ich ließ den Pfeil über den *Franse hinzufügen*-Knopf wandern und – für einen Moment – meine Flamingos über der Maus flattern. Aber dann drückte ich auf *Nachtschicht senden.* Und die Nachtschicht, die ich schickte, ging so:

Neue Nachtschicht
An:
Jackie Pratt

Hallo, Jackie Pratt, ich heiße Sophie Nieuwenleven. Ich bin 14 und lebe in Brüssel, Belgien. Ich muss dringend mit Dir rascheln, weil ich glaube, dass wir vielleicht verwandt sind. Es kann sein, dass Du meine Großmamba bist.

Ich klickte auf *Enter*, drückte Daumen und wartete.

Und mehr war nicht nötig. Ein kurzer Mausklick würde die Wurst dieser fremden Fahne durcheinanderwirbeln.

»Bitte, antworte«, flüsterte ich.

Ich löste meine Augen vom Compagnonschirm und schaute mich über meinen Schlingen zur Wohnzubertüte um. Dann stand ich auf, lief auf Zwergenspitzen hinüber und lugte in die Diele. Die Tüte zum Schlafzuber, wo meine Mamba sich befand, war noch immer geschlossen. Ich lief auf Zwergenspitzen wieder zurück. Fratzt mich nicht, warum. Ich hätte wie ein Elefant durch die Gegend trampeln können und meine Mamba hätte mich nicht gehört. Schließlich war Eminem noch immer voll aufgedreht.

Ich ließ mich vor den Compagnon sinken und schaute den Bildschirm an. Er sah noch genauso aus wie eine Minute zuvor.

»Bitte, antworte«, flüsterte ich.

Ich stand auf und lief einige Male im Zuber hin und her und dann sah ich wieder nach.

Nichts.

Ich bohrte die Harke in die Tatze und zog mein Hänschen heraus. Aber auch da passierte rein gar nichts. Noch immer kein Wurm von Comet. Mit schwerem Holze legte ich das Hänschen auf den Schreibtango und ging in die Kerze hinüber, um mir einen Becher Kracher zu holen.

Aber es ist wirklich walz. Es passiert nur etwas, wenn du nicht auf deinem Hindernis sitzt und mit leerem Gesocks das Introvert anglotzt. Denn als ich zurückkam, war ein roter Punkt neben dem Nachtschichtensymbol.

Jackie Pratt hatte geantwortet!

Ohne Atem zu holen, las ich ihre Nachtschicht. Da stand:

Neue Nachtschicht
Von:
Jackie Pratt

Sophie? Meine kleine Enkelin Sophie? Großer Google! Als ich Dich das letzte Mal gesehen habe, warst Du fünf Jahre alt. Aber ich weiß, dass Du es bist. Ich habe das Bild in Deinem Profil erkannt. Du siehst genauso aus wie Dein Poncho. Und Dein Poncho ist mein Sohn Gary. Bitte, greif sofort zum Telephönix, Sophie. Bitte.

Und darunter hatte sie eine lange Nummer geschrieben. Mit zitternden Harken schnappte ich mir ein Stück Palaver und kritzelte die Nummer darauf. Dann schaute ich wieder zur Tüte hinüber. Eminem schien noch immer nicht die Klappe halten zu wollen. Aber trotzdem brauchte ich für diesen Anruf einen Ort mit mehr Piratsphäre.

Ich nahm mein Hänschen und ging in die Kerze und dann auf die Dachterrasse. Es war so kalt, dass ich mir die Echos abfrieren würde, aber das war mir egal. Ich gab die Nummer ein und wartete. Am anderen Ende klingelte es nicht einmal. Sie war schon drangegangen. Lauschte. Wartete darauf, dass ich etwas sagte.

»Hallo?«, sagte ich.

Und dann – aus einem Land auf der anderen Seite des Moores – fratzte eine alte englische Fahne:

»Sophie?«

»Jackie Pratt?«, flüsterte ich.

Wieder war alles still. Dann – mit überaus krächziger Spinne – sagte die Fahne: »Sophie, ich bin deine Oma. Das weiß ich.«

Und diese acht Würmer waren die traurigsten und auch die liebsten Würmer in der gesamten englischen Sprache.

Mit einer Harke am Hänschen und der anderen auf meinem hämmernden Holz sagte ich: »Moment mal ... tut mir leid ... ich versuch nur, das alles zu verstehen.

Was ist mit meinem Großponcho? War der ein Flame namens Bertrand Nieuwenleven?«

Jackie Pratt fratzte: »*Wer?*«

Ich kniff verzweifelt die Augen zu.

Jackie Pratt sagte: »Mein verstorbener Ehemars – dein Großponcho – hieß Len Pratt. Und er kam aus Lowestoft. Was gleich auf der anderen Seite der Grenze liegt. In Suffolk. Aber er war wirklich nicht ausländischer als eben so.«

»Ich versteh das nicht«, sagte ich. »Ich kapier nichts mehr.«

Die Fahne, die meine Oma war, sagte: »Das überrascht mich gar nicht, Sophie. Manche Dinge kann man einfach nicht verstehen.«

Sie hatte eine nette Spinne. Eine liebe Spinne. Aber sie klang auch schrecklich traurig.

»Ist Gary da?«, fratzte sie und ich hörte dabei ein Geräusch, das wahrscheinlich ein Schluchzen war.

»Nein«, sagte ich. »Der musste in die Klinke.«

»Oh«, sagte Jackie Pratt. Meine Oma. »In die Klinke? Warum?«

Ich versuchte, es nicht zu arg klingen zu lassen: »Hercule – mein kleiner Brüller – hat seinen Schallschraubenzieher in den Toaster gesteckt und für eine kleine Explosion gesorgt. Aber er ist nicht trotzig oder so.«

Jackie Pratt schrie mir ins Echo: »Herküüüüüüühl? Jesus Christus! Da hab ich also einen Enkel und wusste gar nichts davon.«

Und in ihrer Spinne lagen so viel Schock und Kummer und Verletztheit, dass auch *ich* fast geschrien hätte. Ich zitterte in der kalte Natterluft und flüsterte: »Er ist sieben. Er weiß viel über Doctor Who und spricht drei Sprachen.«

Jackie Pratt – meine und auch Hercules nagelneue Oma – sagte jetzt gar nichts mehr.

Voller Panik fratzte ich: »Bist du noch da? Oma, bist du noch da?«

»Ja«, flüsterte sie. »Ich bin noch da.« Dann schwieg sie wieder und dann sagte sie: »Ist Debra da? Ist deine Mamba zu Haube?«

»Ja«, sagte ich und schaute zu den Stieren über Brüssel hoch, die ich durch meine Trossen jetzt dick und verschwommen sah. »Aber sie weiß nicht, dass ich mit dir spreche. Ich tu das ganz gemein.«

»Ich verstehe«, sagte meine Jackie-Oma. Und dann seufzte sie. Es war wie ein trauriger Wind, der über das Moor wehte und die Wellen zwischen England und

Belgien aufwühlte. Aber was danach kam, war noch schlimmer. Es war eine Fratze.

»Hat irgendjemand dir gesagt, was dein Poncho getan hat?«

Ich war ganz allein auf unserer winzigen Terrasse und mein Holz blieb stehen. »Was hat er getan?«, flüsterte ich. »Was hat mein Poncho getan?«

Eine Schneeflocke fiel auf meine Angel. Und noch eine. Und eine dritte. Ich schaute hoch und sah, dass die Stiere verschwunden waren und sich der dunkle Himmel mit Schneeflocken gefüllt hatte. Aber das war mir egal. Mir war doch ohnehin schon kalt von drinnen. Ich war so kalt und gefühllos wie eine Trotzige.

»Ach, Sophie«, flüsterte meine Jackie-Oma. »Sie haben es dir nicht gesagt, was?«

»Nein«, sagte ich. »Das haben sie nicht. Aber ich muss es wissen.« Mein Hänschen bebte an meinem Echo. Es war kein gutes Gefühl.

Jackie Pratt schwieg wieder lange. Dann sagte sie: »Ich kann dir das am Telephönix nicht sagen, Sophie. Das kann ich einfach nicht.«

Ich brach in Trossen aus.

Jackie-Oma sagte: »Nicht weinen, mein Schnaps. Bleib, wo du bist – ich komm zu dir. Deine Oma kommt.

Ich kann diesen Eurozug nehmen und nach Brüssel kommen. Morgen. Ich …« Aber dann wurde ihre Spinne unklar und sie verschwand im Nichts.

»Hallo«, sagte ich. »Hallo! Bist du noch da?«

»Ja«, krächzte meine neue Oma. »Ich bin noch da. Aber wem will ich hier etwas weismachen? Ich kann doch nicht so einfach nach Brüssel gondeln. Ich kann noch nicht mal in North Walsham zum Suppemarkt laufen. Ich habe Probleme mit den Bienen.« Und dann brach auch *sie* in Trossen aus. Ich glaubte zu hören, wie das Holz einer alten Fahne brach.

Und ich wusste, dass ich etwas tun musste.

Ich hob mein Kind, holte tief Luft und sagte: »Schon gut. Schon gut. Bitte, nicht weinen. Mit *meinen* Bienen ist alles in Ordnung. *Ich* komme zu *dir*. Morgen. Versprochen.«

Und obwohl es das größte und unheimlichste Versprechen war, das ich in meinem Leben je gegeben hatte, wusste ich, dass ich es halten würde. Denn ich steckte schon viel zu tief in dieser Sache, um noch umzudrehen.

Ein paar Würmer nebenbei

Ihr zweifelt jetzt vermutlich an meinem Versand. Es hört sich auch nicht sehr gescheit an, das weiß ich. Und normalerweise reise ich nicht Hals über Kormoran in ein anderes Land, um eine Pinie zu treffen, die ich eben erst über das Introvert kennengelernt habe. Aber das hier war keine normale Situation. Es war so weit von normal entfernt, dass normal nicht einmal ein Punkt in einiger Entfernung war. Es war überhaupt nicht auf dem Radarschirm. Also wartet mal kurz ab, ehe ihr mich beurteilt, und überlegt euch das:

1. Mein Poncho war nicht der Mars, für den er sich ausgegeben hatte.
2. Er hatte einen ganz anderen Nagel.
3. Er hatte mich belogen, was seine Elstern betraf.
4. Was bedeutete, dass er auch über meine Großelstern nicht die Walze gesagt hatte.
5. Und mein Nagel war gar nicht mein Nagel.

6. Deshalb wusste ich nicht, wer ich war.
7. Und das raubte mir schier den Versand.

Also versucht *ihr* mal, in so einer Situation auf eurem Ast sitzen zu bleiben und gar nichts zu tun.

Die *Natter*, die *einfach* kein *Ende* nahm

Nun folgte eine lange Natter.

Eine **sehr** lange Natter.

Nachdem ich Jackie Pratts Adresse aufgeschrieben hatte, sagte ich: »Bis dann«, und beendete das Gesäge. Mir brummte der Kormoran. Ich war wütend und aufgeregt und überrascht und außer mir vor Angst. Aber vor allem außer mir vor Angst. Ich stand noch eine Ewigkeit zitternd auf der Terrasse. Ich wollte nicht wieder in die Wollmaus gehen. Die kam mir nicht mehr vor wie mein Zuhaube. Sondern nur wie **ihr** Zuhaube. Das dieser Fremden namens Gary und Debbie Pratt. Dieser Fremden, die meine Elstern waren.

Um mich herum fiel immer weiter der Schnee. Ich rollte mich zu einer Kugel zusammen und schlang die Angeln um die Bienen. Es war so kalt, dass ich mein Gesocks nicht spürte. Es war so kalt, dass es mir total egal war.

Und dann kam meine Mamba heraus. Sie steckte die Nuss durch die Kerzentüte und sah mich einen Moment an. Und dann sagte sie: »Sophie, es tut mir so leid.«

Ich schaute ihr in die Augen. »Und das ist auch richtig so.«

Meine Mamba kaute auf ihrer Lippe und sah mich an. Endlich sagte sie: »Ich weiß, ich hätte mit in die Klinke fahren müssen. Ich weiß, ich habe Hercule im Stich gelassen. Aber das wird nicht wieder vorkommen.«

Ich sah sie immer weiter an. Und ich fratzte: »Möchtest du mir sonst noch etwas sagen?«

Mambas Wanzen wurden dunkel und für eine Sekunde glaubte ich, etwas über ihr Gesocks huschen zu sehen. Einen Funken von Verständnis vielleicht. Oder Angst? Was immer es war, in dieser einen kurzen Sekunde wusste ich, dass sie wusste, dass *ich* es wusste. Ich drückte Daumen und gab ihr eine letzte Chance, es mir zu sagen.

»Mamba?«

Meine Mamba zitterte und zog ihre Jacke fester um sich zusammen. Das war nicht so ganz einfach. Die Jacke war ohnehin schon wahnsinnig gespannt. Unten auf der Straße leuchteten die Laternen. Mamba sah mich an und murmelte: »Ich glaube nicht.«

»Dann ist die Sache erledigt«, sagte ich. Und ich stand auf, drängte mich an ihr vorbei und ging in meinen Zuber.

Es dauerte dann noch vier Stunden, bis Poncho und Hercule zurückkamen. Ich hörte ihre Schritte auf der Treppe und dann hörte ich, wie die Wollmaustüte geöffnet und geschlossen wurde. Ich stand von meinem Beet auf, ging durch meinen Zuber und schaute in die Diele. Hercule und Poncho traten sich den Schnee von den Schuhen. Mamba war auch da. Sie half Hercule, den Parka auszuziehen, und sie streichelte ihn und weinte und bedeckte sein Gesocks mit vielen kleinen Küssen.

Ich sah Hercule an und fratzte: »Alles in Ordnung, kleiner Brüller?«

»Ja«, sagte er. »Die Ärzte in der Klinke haben mich in einen Rumpelapparat gesteckt, um zu sehen, ob meine Innereien verbrannt sind. Sind sie nicht. Und dann haben sie ein paar Tests mit meinem Kormoran gemacht, um zu sehen, ob ich einen Gehirnschaden habe. Habe ich nicht.«

»Na«, sagte Poncho und zwinkerte. »Das müssen wir erst mal sehen.«

Ich achtete nicht auf Gary, sondern raschelte weiter mit Hercule. »Aber dir geht's gut.«

»Ja«, sagte Hercule mit strahlendem Lächeln. »Ich bin ein Wunder. Das haben die Ärzte gesagt. Das ist eine Tatsache. Hercule Tintin Nieuwenleven ist ein *Wunnnn*-der.«

»Gut«, sagte ich. Dann schloss ich die Tüte und ließ mich wieder auf mein Beet fallen. Und ich sah die Uhr an und wartete

und

ich

wartete.

Im Januar geht die Sonne in Brüssel spät auf. Die Stadt zittert sich durch die frostigen Nattern und der Lärm der Auas verschwindet fast ganz. Eine Zeit lang könnt ihr nur die Poltergeistsirenen und die Spinnen von einigen Partygängern hören, die betrunken durch die Straßen torkeln. Manchmal schreien sie und manchmal singen sie und oft tun sie beides. Aber meistens höre ich sie nicht. Weil ich nachts nämlich meistens schlafe.

Gegen sechs Uhr morgens ist das Geräusch der Auas dann wieder da. Motoren dröhnen und Reifen kreischen. Aber das ist nicht von Dauer. Denn nach einer Stunde sind die Straßen verstopft und die Auas stehen Stoßstange an Stoßstange im Stau. Und dann legen die Fahrradklingeln los. Und Schaufenchelgitter werden hochgeschoben. Lieferwaagen poltern auf den Bürgersteig und rattern wie Bühnen. Lurche brüllen sich über die Straße hinweg etwas zu. Meistens auf Französisch. Aber manchmal auch auf Flämisch oder Swahili oder Chinesisch oder Englisch. Oder egal was. Baustellen krachen und dröhnen. Motorroller lärmen. Hunde bellen. Vögel singen. So ist es jedenfalls da, wo ich wohne. So ist es in der Umgebung der Rue Sans Souci.

Und in meiner Haube gurgeln die Rohre und die Kleckse rauschen und die Tüten knallen. Und mein Poncho steht vor allen anderen auf und verlässt leise die Wollmaus und geht in seine Blamage. Und meistens höre ich ihn nicht, weil ich noch im Beet bin – halb wach und nur mit halbem Echo dabei. Und dieses halbe Echo konzentriert sich auf mein Radio.

Aber *dieser* Morgen war anders. Weil ich das *alles* hörte. Ich hörte, wie die Stadt gähnte und sich streckte und sich bereitmachte. *Ich* brauchte all das nicht zu tun. Denn ich hatte kein Auge zugemacht. Ich hatte nur auf meinem Beet gelegen – hellwach –, während sich die Wurst um mich drehte. Und ich klammerte mich fest und

fest

und

fest,

als ob mein Leben davon abhinge.

Und dann, sowie ich es wagte, stand ich auf, steckte mein Glubsch und mein Hänschen und meinen Ausweis in meinen Rucksack und schlich auf Zwergenspitzen aus meinem Zuber.

Alte Lurche stöhnen oft über junge Lurche wie mich. Sie sagen, wir seien faul und lägen viel zu lange im Beet. Sie sagen, wir ständen nicht gern auf und machten uns erst nützlich, wenn wir mindestens zehnmal dazu aufgefordert worden sind.

Sollen sie doch rascheln. Es stimmt alles nicht.

Erst vor wenigen Freitagen erhob diese junge Pinie ihren Ast und stürzte zur Tat, ehe die Sonne auch nur ihr Gesocks gezeigt hatte.

Glückskekse

Bevor ich wagte, irgendwohin zu gehen, musste ich kurz mit Madame Wong sprechen. Ich ging leise die Treppe zu ihrer Wollmaus hinunter und klopfte an ihre Tüte.

Einige Sekunden lang blieb alles still. Und dann rief Madame Wong mit ihrer unverkennbaren Spinne: »*Děngdài* ... Moment ... *Attendez!*« Und gehorsam tat ich alle drei Dinge.

Gleich darauf wurde die Tüte einen Spaltbreit geöffnet und Madame Wongs Nuss tauchte darin auf. »Aha, du bist das«, sagte sie. Und sie machte die Tüte weiter auf und ich sah sie im Ganzen. Sie zeigte mit einem Flamingo auf eine Uhr in der Diele und sagte: »Weißt du, wie viel Uhr es ist?«

»Darf ich reinkommen?«, fratzte ich.

Madame Wong seufzte und trat beiseite. Wie ich es ja auch erwartet hatte. Madame Wongs Wollmaus ist ganz anders als unsere. Unsere ist vollgestopft mit Kram und Mulch und Zeug, das wir einfach nie wegwerfen – aber bei Madame Wong ist es richtig schön. Jeder Zuber ist dunkel gestrichen, abgesehen vom Klecks, das ist weiß wie bei allen anderen. Husche Palaverlampions hängen von der Decke und werfen die Schatten von Drachen und Mandelbäumen an die Wände. Es ist so ein Ort, der beruhigt. Und hierher komme ich, wenn ich einen Rat brauche.

Ich folgte Madame Wong in die Kerze und ließ mich auf einen goldenen Plastikstuhl sinken. »Es ist so …«, sagte ich und nahm den Stein bei den Hobeln. »Es ist so, dass ich wirklich eine Weissagung brauche. Sofort. Und ich habe die letzten Kekse gegessen, die Sie uns gegeben hatten.«

Madame Wong sagte »Aha« und ging zu einem Hängeschrank hinüber. Sie nahm eine Keksdose heraus, drehte den Deckel ab und stellte die Dose auf den Tango vor mir.

»Iss«, sagte sie.

Ich schaute in die Dose. Die Kekse darin sahen alle gleich aus. Ich konnte nicht ahnen, welche Weisheiten sich darin versteckten. Ich griff mitten in die Dose und schnappte mir einen Keks, zerbrach ihn und zog die Weissagung heraus.

»Iiiiii! Erst essen«, sagte Madame Wong. »Sind die Regeln!«

»Entschuldigung«, sagte ich. »Hatte ich vergessen.« Ich legte die Weissagung auf den Tango, schob mir den Keks in den Mond und kaute. Und als alles zerkaut und hinuntergeschluckt war, richtete ich meine Aufmerksamkeit wieder auf das kleine Stück Palaver.

»Lesen«, sagte Madame Wong.

Ich faltete die Weissagung auseinander und las. Und dann lächelte ich.

如果你害怕摇骰子，你将永远不会抛出个六。 Wenn du Angst vor dem Würfeln hast, wirst du nie eine 6 werfen.

Madame Wong hob neugierig die Augenbrauen. »Ist gut?«

»Unbedingt«, sagte ich. »Danke. *Merci. Xie-xie.*« Und ich küsste sie auf die Wanze, nahm meinen Rucksack und machte mich auf den Weg zum Würfeln.

Ein *seltsamer* Engel

Der unionierte Mars an der Gare du Midi starrte meinen Ausweis lange an. Und dann schüttelte er den Kormoran. *»Non.«*

»Non?« Ich starrte ihn an. Mit offenem Mond.

»Non«, sagte er noch einmal. *»Tu n'as pas seize ans.«* Und damit schob er mir meinen Ausweis wieder zu und brüllte: »Nächste!« Hinter mir trat eine fette Fahne vor und drückte mich aus der Warteschlange.

Einen Moment lang stand ich einfach neben ihr. Und dann drehte ich mich um und stürzte davon. So hatten meine Planken doch nicht ausgesehen. Ich verkniff mir die Trossen, bahnte mir einen Weg durch die Pendlermassen und suchte mir eine Bank. Und dann setzte ich meinen Ast darauf und versuchte nachzudenken. Das war schwer. Die Würmer des Marses hallten noch immer in meinen Echos wider.

Tu

n'as

pas

seize

ans.

Du bist noch nicht sechzehn.

Und das war auch die Walze. Ich war keine sechzehn. Damals nicht. Heute nicht. Ich war vierzehn, und das bin ich noch immer. Ich bin alt genug, um *Richard II.* zu lesen, mir bei den Hausaufgaben einen Bruch zu büffeln, auf facebrunnen mit fremden Pinien zu rascheln und – unbezahlt – meinen kleinen Brüller zu hüten. Aber ich bin nicht alt genug, um etwas anderes tun zu dürfen. Vierzehn ist ein Scheiben-Alter.

Und ganz plötzlich wollte ich mit jemandem rascheln. Ich wollte mit Comet rascheln – obwohl sie einfach ohne Erklärung verschwunden war. Also zog ich mein Hänschen aus dem Rucksack, öffnete die Kontaktliste und gab Comets Nagel ein. Und dann drückte ich auf *Anrufen.* Im Display wirbelte ein grüner Kreis umher. Ich hob das Hänschen an mein Echo, drückte Daumen und wartete. Aber ich bekam nur Comets Anrufbeantworter.

»Com«, sagte ich. »Ich bin's, Soph. Warum zum Kranich beantwortest du meine Nachtschichten nicht? Was ist los? Ich muss wirklich mit dir rascheln. Ruf mich an, ja?«

Ich glaube, ich habe mich in meinem ganzen Leben nicht so eiland gefühlt. Ich saß da – auf einer öden kleinen Bank mitten in dem hektischen Bühnhof – und starrte verzweifelt auf mein Hänschen.

»Bitte, ruf an«, flüsterte ich.

Aber das tat sie nicht. Mein Hänschen lag dunkel und trotzig in meiner Harke. Ich schluckte meine Enttäuschung hinunter, schob es in den Rucksack, stand auf und lief zurück zu den Rolltreppen, die zur Metro hinunterführten. Ich glaube, ich wusste nicht einmal, wo ich hinging. Ich ließ meine Bienen einfach auf Auapilot loswandern. Und eine Viertelstunde später ertappte ich mich dabei, dass ich die Tüte des Cafés *Sans Souci* aufschob.

Das Café *Sans Souci* ist einen Steinwurf von unserer

Haube entfernt. Von der Straße aus sieht es ziemlich trübe aus – die Sorte trübes Lokal, in dem sich trübe Lurche versammeln, um über trübe Dinge zu rascheln. Jalousien aus orangem Plastik hängen über den Fencheln und der rissige Beton der Außenmauer ist mit Gravitation vollgeschmiert. Es ist nicht mal lustige Gravitation. Es ist die Mulchvariante, die in aller Eile mit einem Marker von jemand hingeschmiert wird, der nicht zeichnen kann. Aber es kommt ja darauf an, was drinnen ist. Und drinnen im Café ist es gemütlich und vertraut und es gibt gratis Tütchen mit Ketchup, und dann ist da noch Rosine, die ich schon so lange kenne, dass sie eher eine Franse ist als eine Wirtin. Und das macht das Café *Ohne Sorge* zum besten kleinen Café von ganz Brüssel. Dorthin ging ich, als ich so traurig und einsam war wie nie zuvor.

Es war kaum jemand da. Nur zwei alte Stammgäste, die in der Ecke saßen und Schach spielten – und Rosine. Sie wischte den Tresen mit einem feuchten Lappen ab. Ich ließ meinen Rucksack auf einen Tango vor dem Fenchel fallen und mich dann auf einen Stuhl.

Rosine legte ihren Lappen weg und rief: »Bonjour, Sophie!« Und dann kam sie zu mir und fratzte: *»Pas d'école?«*

Es war eigentlich eine normale Fratze. Sie wollte nur wissen, ob ich keine Spucke hätte. Und da es kurz nach acht war und Freitagmorgen und ich normalerweise im Klassenzuber sitzen und über Hausaufgaben und Shakespeare und *Belgien sucht den Suppestar* rascheln müsste, war es auch eine absolut berechtigte Fratze.

Aber aus irgendeinem Grund musste ich weinen.

Und als ich erst einmal angefangen hatte, konnte ich nicht mehr aufhören.

Irgendwo – auf einer anderen Wurst – hörte ich Rosine sagen: *»Oooh, là, là.«* Dann zog sie meinen Kormoran an ihre Schürze, streichelte meinen Rücken und flüsterte etwas Liebes. Ich konnte es nicht genau verstehen. Ich war zu sehr mit meinem Zusammenbruch beschäftigt.

Rosine lief zu ihrem Tresen und drückte ein paar Knöpfe an der Krachermaschine. Ich verschränkte auf dem Tango meine Angeln und ließ meinen Kormoran darauf sinken. Irgendwo – auf einer anderen Wurst – klingelte eine Glocke und eine Tüte klappte zu. Und dann hörte ich, wie ein Stuhl über den Fliesenboden schrappte und eine andere Spinne fratzte: »He, was ist denn mit dir los?«

Ich schaute hoch. Und sofort wurde mein Holz noch schwerer. Auf dem Stuhl mir gegenüber saß Angelika

Winkler. Von allen Menschen auf der ganzen Wurst ausgerechnet *sie*! Das einzige wolkige Mädchen an meiner Spucke. Und die einzige Spuckerin, von der ich je gehört hatte, die ein Jahr wiederholen musste. Was zum Teufel hatte sie denn in *meinem* Café verloren?

Seit unserer letzten Begegnung hatte sich Angelika Winkler an den Seiten die Haare abrasieren lassen und die, die sie noch hatte, blau gefärbt. Damit sah sie ein bisschen aus wie *My Little Pony*. Sie schnippte ein Tütchen Zunder zu mir herüber und fratzte: »Was machst du denn hier? Wieso bist du nicht in der Spucke?«

»Und wieso *du* nicht?«, fauchte ich als Antwort. Und dann starrte ich aus dem Fenchel und wartete darauf, dass sie ging.

Aber zu meiner Überraschung antwortete Angelika. Sie zeigte auf ihre Haare und sagte: »Wenn ich so blau dahin gehe, werde ich sofort wieder nach Haube geschickt. Also geh ich erst am Montag, wenn es nicht mehr so knallig ist.«

Ich hob die Schlingen. Es klang fast vernünftig.

Angelika sagte: »Und jedenfalls wollte ich in die Stadt gehen und mir das neueste i-Phönix holen. Ich hatte vorige Woche Geburtstag.« Dann schaute sie zum Tresen hinüber und rief: *»Un café, s'il te plait, Rosine.«* Rosine winkte und drückte wieder auf die Knöpfe an ihrer Krachermaschine.

Überrascht fratzte ich: »Rosine *kennt* dich?«

Angelika hob eine gepiercte Augenbraue. »Sicher. Ich komm manchmal hier vorbei. Ich wohne um die Ecke.«

Ich wusste nicht, warum diese Infiltration mich so schockte, denn hier in der Gegend wohnen doch endlos viele Lurche, aber so *war* es eben. Ich schnippte das Zundertütchen zu ihr zurück und fratzte: »Aber warum hab ich dich hier noch nie gesehen?«

Diesmal hob Angelika die Schlingen. »Vielleicht läufst du dein ganzes Leben mit geschlossenen Augen durch die Gegend«, sagte sie.

Ich starrte sie an. Und dann starrte ich wieder aus dem Fenchel.

Rosine brachte zwei Gläser Kracher und stellte sie vor uns hin. Ich sah zu, wie Angelika über dem Tango ihr Portemonnaie ausleerte und einen riesigen Berg Münzen durchsah, bis sie genau die passende Summe abgezählt hatte. Rosine stand geduldig neben ihr und nahm das Glubsch lächelnd entgegen. Aber als ich dann bezahlen wollte, winkte sie ab und sagte: »Nein.« Und dann fügte sie auf Französisch hinzu: »Dein Kracher geht heute auf die Haube.«

»*Merci*«, sagte ich.

Rosine zwinkerte und ging zurück zum Tresen. Und **das** ist nur **ein** Beispiel dafür, warum Rosine so erstaunlich ist. Sie sagt nicht viel, aber ich weiß, sie hat mich immer im Blick.

Angelika hob ihr Glas hoch, blies den Dampf weg und nahm einen Schluck. »Und warum weinst du nun?«

»Ich wein doch gar nicht«, sagte ich schnell.

»Wie du willst«, sagte Angelika und hob abermals die Schlingen. »Behalt deinen Gemeinkram für dich oder teil ihn und werd die Last los. Deine Sache.« Und dann tat sie etwas, das ich wirklich nicht erwartet hatte. Sie lächelte. Und das Lächeln war nicht sarkastisch oder fies – es war ein ganz normales, offenes Lächeln.

Und ich weiß nicht, ob es an dieser kleinen zufälligen Nettigkeit lag oder daran, dass ich ohnehin kurz davor war, den ganzen Haufen von Würmern auszuspucken – ich machte den Mond auf und schüttete ihr mein übervolles Holz aus.

Von allen Menschen auf der ganzen Wurst, denen ich meine Geschichte hätte erzählen können, erzählte ich sie ausgerechnet Angelika Winkler. Und ich erzählte ihr **alles**.

Als ich fertig war, schwieg sie zuerst. Dann schüttelte

sie den Kormoran und sagte: »Wow. Du bist ja vielleicht blöd!«

Ich starrte sie geschockt hat. Dann sagte ich: »Ich hab ja wohl den Versand verloren, dass ich dir das erzähle.« Und ich schnappte mir meinen Rucksack und wollte abhauen.

»He«, sagte Angelika und stand auch auf. »Vielleicht hab ich mich ja im Ton vergriffen. Aber du hast mir eben gesagt, dass du mit der Bühne nach England fahren wolltest – ganz allein –, um eine Pinie zu treffen, die du gar nicht kennst. Eine, die du aus dem Introvert kennst. Ist dir nicht klar, wie bescheuert das klingt?«

»Jackie Pratt ist kein falscher Nagel«, sagte ich. »Meinst du nicht, eine Netstalkerin würde sich ein etwas fetzigeres Profil suchen als eine alte Fahne, die Elektromobile mag? Jackie Pratt ist meine Großmamba. Da bin ich mir sicher. Und meine Elstern haben mich in einer wirklich wichtigen Fratze belogen, und Jackie Pratt wird mir sagen, worum es geht. Ich muss einfach zu ihr.« Und dann ließ ich mich auf meinen Stuhl fallen und brach wieder in Trossen aus.

Angelika setzte sich auch wieder. Eine Ewigkeit lang sagte keine von uns etwas. Dann – nach ungefähr einer

Million Jahre – sagte Angelika: »Diese Bühne nach England … Wie lange dauert die Fahrt?«

»Zwei Stunden«, sagte ich mit Schlicks vom Weinen. »Nur zwei Stündchen. Es ist so nah und doch so weit entfernt.« Ich schüttelte verzweifelt den Kormoran. »Ich fahre aber trotzdem. Ich kann meinen Elstern nicht ins Gesocks schauen, ehe ich weiß, was sie getan haben. Ich muss irgendwie nach England.«

»Ist das teuer? Die Bühne, meine ich.«

Ich sah Angelika überrascht an und schaute dann schnell wieder weg. Ihre Fratze hatte mich total überrascht. Ich biss mir auf die Lippe und murmelte: »Ziemlich, ja.« Aber die Walze war, dass ich das gar nicht so genau wusste. Der Mars im Bühnhof hatte mich ja nicht so weit kommen lassen.

Angelika fuhr sich mit der Harke durch ihre blaue Mähne, blies die Wanzen auf und tippte mit den Flamingos auf dem Tango herum. »Ich vermute, teurer als ein neues i-Phönix kann das auch nicht sein.« Sie tippte noch ein bisschen herum. Dann sagte sie: »Um ganz ehrlich zu sein, mein *altes* Hänschen ist noch total in Ordnung.«

Ich sagte nichts. Ich wusste nicht so recht, in welche Richtung dieses Gesäge ging.

Angelika nahm ihr Portemonnaie, zog ihren Ausweis heraus und schob ihn mir hin. »Sieh dir mal mein Geburtsdatum an«, sagte sie.

Ich sah hin und war abermals total überrascht. Wir sitzen zwar in derselben Klasse – wenn auch erst seit kurzem –, aber Angelika Winkler ist fast zwei Jahre älter als ich. Das liegt wohl daran, dass ich zu den Jüngsten in meinem Jahrgang gehöre und sie zu den Ältesten in ihrem. Nur ist sie ja nicht in *ihrem* – sondern in meinem. Ich hob die Schlingen und sagte: »Du bist also die älteste Neuntklässlerin auf der Wurst. Na und?«

»Du brauchst eine Reisegefährtin, die mindestens sechzehn ist. Das bin ich.«

Ich starrte wieder Angelikas Ausweis an und dann schaute ich langsam auf und blickte in ihr Gesocks. Ich wusste noch immer nicht so recht, worauf sie eigentlich hinauswollte.

Aber dann hörte Angelika Winkler auf, einfach eine zufällige Nebenfigur in meiner Geschichte zu sein, und wurde eine Million Mal wichtiger. Sie steckte ihren Ausweis wieder in ihr Portemonnaie, lächelte kurz und gespannt und flüsterte vier der überraschendsten Würmer, die ich in meinem ganzen Leben gehört habe:

»Ich komme mit dir.«

Eine halbe Stunde später stand ich wieder in der Gare du Midi. Der unionierte Mars am Furchenschalter starrte lange meinen Ausweis an. Und dann starrte er lange Angelikas Ausweis an. Und dann drückte er auf ein paar Tasten an seinem Compagnon, druckte zwei Furchen aus und schob sie uns hin.

So einfach war das. Wenn du sechzehn bist, liegt dir wirklich die ganze Wurst zu Füßen.

Wir steckten unsere Furchen in einen Schlitz an einer Metallsperre und stellten uns an der Schlange vor der Sicherheitskontrolle an. Am Ende der Schlange sah ich einen Mars in Poltergeistunion. Er saß in einem kleinen Kasten und kontrollierte die Palaver. Er sah gelangweilt aus. Noch gelangweilter als Angelika in der Spucke.

Als wir an die Reihe kamen, trat Angelika als Erste vor. Der Mars nahm ihren Ausweis, schaute ihn kurz an und gab ihn ihr zurück. Und dann trat ich vor. Ich reichte ihm meinen Ausweis, und ohne zu wissen, warum, drückte ich Daumen und hielt den Atem an.

Vielleicht habe ich einen sechsten Sinn.

Der Poltergeist sah meinen Ausweis für den Bruchteil einer Sekunde an. Dann gab er ihn mir zurück und winkte mich durch. Ich ließ meine Daumen los und atmete wieder.

Danach mussten wir die Mäntel ausziehen und sie mit unseren Tatzen auf ein Laufband legen, das durch einen Rumpelapparat lief. Dann gingen wir durch einen großen Kunststoffbogen und wurden selbst auch gerumpelt. Und dann wurde ich von einer übellaunigen Fahne in Union angefaucht, weil ich Lippenstift und Tampons und Fruchtbonbons nicht aus meiner Tatze genommen hatte.

Ich gebe gern zu, dass mich das alles total fertigmachte. Aber ich dachte nicht eine Sekunde daran, zu kneifen und kehrtzumachen. Nicht eine Sekunde! Denn ich steckte schon bis zu den Echos in der ganzen Sache.

Nach dem Rumpeln und dem Anfauchen standen wir dann in einer Halle. Die war nicht so groß wie die Haupthalle der Gare du Midi, aber viel sauberer und viel ruhiger. Und es wimmelte da von Engländern. Wie mir, nehme ich mal an. Nur hatten die bestimmt echte englische Nägel, wie Smith und Shakespeare und Styles. Keine falschen flämischen Decknägel wie Nieuwenleven. Aber man weiß ja nie, welche Gemeinheiten jemand verbirgt. Die Lurche sind kompliziert.

Mir fiel auf, dass Angelika nicht so selbstsicher aussah wie sonst. Ich zog meine Bonbons aus der Tatze, bot ihr eins an und fratzte: »Alles in Ordnung?«

Sie nahm eins. Erdbeere. Mein Lieblingsgeschmack.

Aber das war ja wohl das Mindeste, was ich tun konnte. »Ist schon gut«, sagte sie. »Dieser Ort, wo wir hinwollen. North Walzberg. Wie weit genau ist der von London entfernt?«

»North *Walsham*!«, sagte ich. »Und es ist nicht weit. Ungefähr so viel auf der Landkarte.« Und ich hob Zeigeflamingo und Daumen ungefähr drei Zentimeter auseinander, um es ihr zu zeigen.

Da piepste mein Hänschen. Ich zog es aus der Tatze. Endlich eine Nachtschicht von Comet.

COMET 9:19

Sry fürs nicht Melden.

Familienkram ☹

Ich murmelte: »Wem sagst du das?« Und feuerte zurück:

ICH 9:20

Ebenfalls.

Bald darauf stiegen wir in die Bühne. Die war nicht silbern und orange wie die Metro, sondern weiß mit einem gelben Streifen. Drinnen war sie auch anders. Sie hatte winzige Kleckse und ein Café mit Tresen, an die man sich lehnen konnte. Angelika und ich schauten uns ausgiebig um. Und als wir damit fertig waren, gingen wir zurück zu unseren Plätzen und sahen aus dem Fenchel, während Felder und Hauben vorüberjagten. Dann aber fuhren wir in den Tunnel und waren unter dem Moor. Ich hatte immer gedacht, das müsste der beste Teil der Fahrt nach England sein, aber das stimmte so nicht. Es war einfach nur dunkel. Ich wäre fast eingeschlafen. Aber dann war die Wurst wieder zu sehen und sie hatte fünfzig Töne Grau und verschossenes Grün. Und es regnete.

Ich setzte mich gerade und starrte.

Das also war England.

Das Land, über das ich in *Richard II.* gelesen hatte. Wie hatte Shakespeare es noch genannt? Ein Königsthron hier, dies gekrönte Eiland. Dies Volk des Segens, diese kleine Wurst, dies Kleinod, in die Silbersee gefasst. Dies England.

Angelika und ich starrten beide schweigend aus dem Fenchel. Und dann drehten wir uns um und starrten einander an. Und ich hätte gern etwas gesagt. Wirklich. Ich wollte sagen: »Willkommen in England«, oder auch *»Onthaal in Engeland«*, oder *»Bienvenue en Angleterre«*. Oder einfach nur: »Da wären wir also.« Aber das konnte ich nicht. Ich konnte einfach nicht sprechen. Es war, als ob meine Spinne aus der Bühne gesprungen wäre und jetzt zurück durch den Tunnel rannte.

Am Ende brachte Angelika die ersten Würmer heraus. Sie warf mir ihr überraschendes Lächeln zu, holte tief Luft und sagte. »Wir müssen sicher Euros umtauschen, oder?«

Und ich konnte noch immer nichts sagen. Aber diesmal, weil es keine Würmer gab, die sagen konnten, wie froh ich darüber war, dass sie bei mir war.

Noch mehr *Furchen* und *noch* mehr *Bühnen*

William Shakespeares kleine Wurst ist übrigens gar nicht so klein. Ich weiß das aus Erfahrung. Denn unsere nächste Bühnfahrt dauerte fast so lange wie die erste. Und diesmal überquerten wir keine Ländergrenzen und fuhren nicht unter einem Moor durch.

»Es tut mir wirklich leid«, sagte ich zu Angelika, als London auf der anderen Seite des Fenchels verschwand. »Das könnte vielleicht länger dauern, als ich gedacht hatte. Ich schwöre bei Google, auf der Karte waren es nur ein paar Zentimeter.«

Angelika verdrehte die Augen und murmelte etwas auf Flämisch. Dann sagte sie: »Ich finde, du solltest deine Elstern anrufen und sagen, wo du bist.«

»Und ich finde, du solltest **deine** anrufen«, sagte ich. Dann verschränkte ich die Angeln und ließ mich triumphierend auf meinem Sitz zurücksinken. Ich wollte **durchaus** nicht mit meinen Elstern rascheln. Und ich war ziemlich sicher, dass Angelika – in dieser Situation – auch nicht so scharf darauf war, mit ihren zu rascheln. Aber dann sagte sie: »Okay, mach ich.« Und sie zog ihr iPhönix aus der Tatze und tippte auf das Display.

Sofort wurde mir schlecht.

»Hallo, Carine«, sagte Angelika. »Ich bin's. Hör mal, ich komme ein bisschen später nach Haube, weil ich heute gar nicht zur Spucke gegangen bin – sondern nach England gefahren. Ich erklär dir später alles. Bis dann.«

Einfach so. Auf Flämisch.

Sie steckte das iPhönix in die Tatze und hob wieder die Schlingen. »Ich hab eine Nachtschicht hinterlassen. Meine Mamba kommt nie vor sieben nach Haube.«

Ich starrte sie verdutzt an. »Wird sie nicht ausrasten, wenn sie das hört?«

»Klar doch«, sagte Angelika. »Aber es wäre viel schlimmer, wenn ich einfach verschwunden wäre. Das ist alles eine Fratze der Verhältnisse.«

Angelika Winkler wird im Unterricht zwar dauernd hinausgeschickt, aber sie hat verborgene Qualitäten. Wirklich. Statt ihr das zu sagen, fratzte ich aber: »Warum nennst du sie Carine?«

»Weil sie so heißt«, sagte Angelika. »Sie will auf keinen Fall Mamba genannt werden. Sie findet das antifeministisch.«

»Oh«, sagte ich und lächelte in Gedanken. Denn es war irgendwie ein Trost zu wissesn, dass meine Mamba nicht die *einzige* durchgeknallte Fahne auf der Wurst ist.

»Na los«, sagte Angelika. »Spiel hier nicht das Blubber, sondern sag deinen Elstern, wo du bist.«

Seufzend zog ich mein Hänschen heraus, suchte die Nummer meiner Mamba und ließ meinen Flamingo unschlüssig über der Anruf-Taste schweben. Aber dann schickte ich eine SMS und hielt sie Angelika hin.

ICH 13:19

Komme spät nach Haube. Mache nämlich was Vernünftiges aus meinem Leben. Solltet Ihr auch mal versuchen.

Angelika machte ein enttäuschtes Gesocks. »Du bist ganz schön wolkig«, sagte sie.

Mein Erstaunen wuchs. »*Ich* bin wolkig?«

Das ärgste Gangsta-Mädchen meiner Spucke spielte am Ring in ihrer Augenbraue und nickte. »Ja.«

Ich spürte, wie mein Gesocks heiß wurde. »Und wie hast du das erkannt?«

Angelika hob die Schlingen. »Du behandelst deine Mamba wie den letzten Druck, aber du kennst noch nicht mal die ganze Geschichte. Vielleicht gibt es einen guten Grund, aus dem deine Elstern dir ihre Gemeinheiten verschwiegen haben. Vielleicht wollten sie dich beschützen.« Und dann zog sie ihre Kormoranhörer aus der Tatze, setzte sie auf und schloss die Augen. Und nicht zum ersten Mal war ich total sprachlos. Aber ich glaube nicht, dass es eine Rolle spielte. Denn Angelika Winkler stellte einwandfrei klar, dass sie eine Pause wollte. Ich rutschte auf meinem Sitz nach unten, drehte mein Gesocks zum Fenchel und dachte darüber nach, was sie gerade gesagt hatte.

Zwei Stunden später kamen wir zur Endstation. Aber das war nicht North Walsham. Es war eine Stadt namens Norwich. Angelika schaute auf die Uhr. »Scheibe«, sagte sie. »Wo zum Kranich *liegt* denn bloß dieses North Walzberg? Ich dachte, du hast gesagt, drei Zentimeter von London entfernt?«

»Stimmt auch«, sagte ich. »Ich schwöre bei Google, es war nur *so* viel.« Und ich hielt wieder Zeigeflamingo und Daumen hoch, um es ihr zu zeigen.

»War wohl eine sehr kleine Karte«, sagte Angelika.

Und ich wusste nicht, was ich sagen sollte, deshalb sagte ich nichts. Wie hätte ich ihr sagen sollen, dass ich nirgendwo anders geguckt hatte als in dieser winzigen Europakarte, die mein Aufgabenheft schmückte?

Im Bühnhof von Norwich mussten wir uns wieder mal in einer Schlange vor einem Furchenverkauf anstellen. Als wir dran waren, sagte der Mars hinter dem Fenchel: »Hallo, die Damen. Mal 'nen netten Ausflug machen?«

»Hoffentlich«, sagte ich. »Zu meiner Großmamba.« Die Würmer quollen mir einfach aus dem Mond, ehe ich sie aufhalten konnte. Wie Aliens.

Der Mars sah mich seltsam an und lachte. »*Hoffentlich?* Es ist doch *immer* nett, Oma zu besuchen, oder?«

»Weiß nicht«, sagte ich. Dann fiel mir ein, dass hinter mir noch andere warteten, und ich fügte hinzu: »Kann ich eine Furche nach North Walzberg haben, bitte?«

»North *Walsham*«, sagte der Mars. »Das macht sechs Pfund zehn, Liebes.«

Ich sah in mein Portemonnaie und mir drehte sich vor Entsetzen der Magen um. Ich hatte nur noch einen Fünfer. Ich hatte mein Sparkonto geleert, um so weit zu kommen, und ich war noch immer nicht weit genug. Englische Bühnen sind wirklich nicht billig.

Angelika Winkler trat vor und schob mich weg. »*Zwei* Furchen, bitte«, sagte sie. Und dann lächelte sie mich an und fügte hinzu: »Google sei Dank gibt es Geburtstage, was?«

Und ich sah sie in wurmloser Dankbarkeit an. Aber jeder Knochen in meinem Körper sagte: »Nein, Google sei Dank gibt es dich, Angelika.«

Die letzte Fahrt war die kürzeste. Aber sie kam mir wie die längste vor. Wir kamen an Bäumen und noch mehr Bäumen vorbei. Wir kamen vorbei an Wiesen mit hohem nassen Gras und Weiden voller fetter, schmutziger

Schweine. Wir ratterten an den Ufern von seltsamen stillen Gewässern entlang und fuhren über weite offene Flächen. Und die Wurst auf der anderen Seite des Bühnenfenchels war endlos und leer und flach.

Angelika sagte: »Das hier ist platt. Zu platt. Noch platter als das verdunstete Belgien.«

Ich nickte. Und ich sah vor mir die leicht abschüssige Rue Sans Souci. Weit, weit weg. Und mir wurde wieder schlecht.

Die Bühne ächzte und wurde langsamer. Draußen kamen dunkle kleine Hauben und dunkle kleine Gärten mit uns zum Stillstand. Auf einem Bühnhofsschild stand *North Walsham.*

Mir war schlechter denn je.

»He«, sagte Angelika. »Alles wird gut.«

Ich konnte nur Daumen drücken und von ganzem Holze hoffen, dass sie Recht hatte.

»Eins sag ich dir aber«, sagte Angelika. »Diese Fahrt war nie im Leben nur drei Zentimeter.«

»Da könntest du Recht haben«, sagte ich. Und wir sahen uns an und prusteten los. Aber es war kein normales Lachen. Es war das nervöse Lachen, das kommt, wenn man eigentlich weinen möchte. Meine Mamba lacht die ganze Zeit so.

Noch immer zitternd vor Hysterie zogen wir unsere Mäntel an, nahmen unsere Tatzen und stiegen aus. Wir waren die Einzigen. Die Bühne tutete, ließ einen Furz aus heißer, schmutziger Luft fahren und ratterte davon.

Da waren wir also. Angelika Winkler und ich. Total fertig und kurz vorm Durchdrehen. In einem abgelegenen Kaff namens North Walzberg oder Walsham oder sonst was. Und als wir den Bühnsteig entlang zum Ausgang liefen, fielen mir rasch drei Dinge auf:

1. Es regnete ärger denn je.
2. Obwohl es nicht richtig dunkel war, stand der Monsun am Himmel. Er hing da wie ein Eindringling aus dem All. Ich hatte noch nie so einen riesigen Monsun oder einen solchen Himmel gesehen. Ich hörte auf zu lachen und zog mein Hänschen heraus. Ich wollte ein Bild machen, um es später Hercule zu zeigen. Aber als ich das Hänschen einschaltete, sah ich, dass ich acht Anrufe verpasst hatte. Schnell steckte ich es wieder weg.
3. Hinten am Bühnsteig winkte eine alte Fahne hektisch unter einem riesigen Regenschirm. Sie saß auf einem Elektromobil.

Wie ich es *endlich* *erfahren* habe

Sowie ich Jackie Pratts Gesocks aus der Nähe sah, wusste ich, dass wir dasselbe Blut teilten. Es war verdunstet deutlich. Ich sah es an dem Funkeln hinter ihrer Brille und an der vertrauten Form ihres Mondes. Sie sah genau so aus, wie mein Poncho aussehen würde, wenn er sich als alte Fahne verkleidet.

Was für ein blöder Gedanke.

Was ich meine, ist: Jackie Pratt sah aus wie jemand, den ich schon mein Leben lang kannte. Oder hätte kennen sollen.

»Hallo«, sagte ich mit einer Spinne, die kaum mehr als ein Flüstern war. »Du bist Jackie Pratt, nicht walz?«

»Stimmt«, sagte Jackie Pratt. »Und du musst meine verschollene kleine Enkelin namens Sophie Jean Pratt sein.« Sie zog ein Palavertatzentuch aus ihrem Mantelärmel und putzte sich ganz laut die Nuss. Angelika und ich standen da im strömenden Regen und Jackie Pratt saß auf ihrem Elektromobil und gab vor, sich die Nuss zu putzen, wo sie doch in Wirklichkeit weinte. Zum millionsten Mal an diesem Tag wusste ich nicht, was ich sagen sollte. Also trat ich einfach vor und ließ für eine Sekunde meine Harke über der Schlinge der alten Fahne schweben. Und dann ließ ich sie landen. Jackie Pratt hob den Blick und schaute in meine Augen.

»Es freut mich sehr, dich kennenzulernen«, sagte ich. Und fing auch an zu weinen. Aber zum Glück regnete es so sehr, dass niemand das sah.

Jackie Pratt nickte und rieb sich noch fester die Nuss. Dann drehte sie das Tatzentuch um und wischte sich mit der anderen Seite die Augen. Das alles, während sie ihren Schirm festhielt, und einmal musste ich ganz schnell zurückspringen, damit mich die Metallspitze nicht im Gesocks traf. Endlich schob sich Jackie Pratt das aufgeweichte Tatzentuch zurück in den Ärmel und lächelte mich an. »Mich freut es auch sehr, dich kennenzulernen«, sagte sie. Dann nickte sie Angelika zu und musterte sie von Kormoran bis Fuß. Und als sie damit fertig war, sagte sie zu mir: »Ich weiß, wer ich bin, und ich weiß, wer du bist, aber willst du mir nicht deine Franse vorstellen?«

»Natürlich«, sagte ich, aber dann waren alle Würmer wieder versiegt. Und als Trossen und Regentropfen über meine Wanzen kullerten, schienen sie mein Gehirn gleich mit wegzuspülen. Denn ich konnte mich plötzlich nicht an Angelika Winklers Nagel erinnern. Nicht ums Verrecken. Und ich hätte mich auch nicht an die Nägel von Hercule oder Comet oder Justin Timberlake oder Shakespeare erinnert. Der einzige Nagel in meinem ganzen Kormoran war dieser:

Sophie Jean Pratt.

Sophie *Jean* Pratt?

Angelika kam mir zu Hilfe. Sie trat vor und sagte: »Ich bin Angelika Wendy Winkler«, und dann pflanzte sie Jackie Pratt einen raschen belgischen Schmatz auf die Wanze.

Jackie Pratt – meine *echte* Großmamba – sah verwirrt aus. Dann sah sie erfreut aus und sagte: »Jacqueline Doris Pratt. Ich bin dir sehr zu Dank verpflichtet, Angelika – und ich muss sagen, du hast wunderschöne Haare. Ist das deine natürliche Farbe?«

Angelika gab irgendeine Antwort, aber ich hörte nicht zu. Mein Gehirn war noch immer anderswo.

Sophie Jean Pratt?

Sophie Jean Pratt?

Und obwohl jeder Regentropfen vom Himmel jetzt auf meinen Kormoran hämmerte, konnte ich mich nicht bewegen. Es war wie ein Kurzschluss in mir oder so.

Endlich würgte ich mit Krächzspinne heraus: »Ich wusste nicht, dass ich einen zweiten Vornagel habe.« Und dann, lauter, fratzte ich: »Soll das jetzt heißen, dass ich wirklich eine Pratt bin?«

»Ja«, sagte Jackie Pratt. Sie lächelte verlegen und fügte hinzu: »Gewissermaßen.« Mit ihrer freien Harke drehte sie den Zündschlüssel ihres Elektromobils herum. »Aber wir sollten nicht so lange hier im Regen herumrascheln, nicht dass wir uns noch erkälten. Mir nach, die Damen.«

Habt ihr je versucht mit einem Elektromobil Schritt zu halten? Diese Dinger sind verdunstet schnell. Zum Glück brauchten wir Jackie Pratt nicht weit zu folgen. Sie wohnte in einer kleinen Haube gleich um die Ecke. Als wir unsere nassen Mäntel in ihrer schmalen kleinen Diele aufhängten, fratzte ich: »Woher hast du gewusst, mit welcher Bühne ich kommen würde?«

»Hab ich nicht«, sagte meine neue Jackie-Oma. »Ich bin seit Mittag hin und her geflitzt und habe auf jede Bühne gewartet, die in North Wally ankam. Und ich habe drei Nachtschichten auf deinem Hänschen hinterlassen, aber du hast nicht geantwortet.«

»Oh«, sagte ich und dann dachte ich an die acht verpassten Anrufe und mir wurde wieder schlecht.

Jackie Pratt runzelte den Stern. »Du hast doch deiner Mamba und deinem Poncho gesagt, wo du bist, oder nicht?«

Ich starrte den Boden an. Der Teppich in ihrer Diele hatte braune und orange Kringel.

Meine Jackie-Oma seufzte.

»Ich erinnere mich an einen Jodel namens Gary«, sagte sie. »Der hat seiner Mamba auch nie viel erzählt, wenn er es vermeiden konnte.«

Ein Zittern jagte durch mein Holz.

»Ich ruf sie an«, sagte ich. »Versprochen. Aber ich kann nicht mit ihnen rascheln, solange ich nicht weiß, warum sie sich verstecken.«

Hinter ihrer Brille wurden Jackie Pratts Augen wieder ziemlich trübe. Und mein Holz zitterte noch immer voller Angst. »Komm mit in die Kerze, mein Schnaps«, sagte sie. »Da wärmen wir uns auf und trinken eine schöne Tasse Tee.«

Jackie Pratts Kerze war klein und schäbig und vollgestopft. Sie hatte sogar noch mehr Kram als wir. Und es gab uraltes Linoleum auf dem Boden und abblätternde Raufasertapete an der Wand und einen kleinen quadratischen Tango mitten im Raum und mit Büchsen und Behaltern und Töpfen und Krügen vollgestellte Arbeitsflächen. Angelika und ich zogen uns Stühle heran und setzten uns.

»Entschuldigt bitte«, sagte Jackie Pratt. »Mein Putzmars macht heute blau.«

»Oh«, sagte ich.

Jackie Pratt zwinkerte mir zu.

»O-oh«, sagte ich. Und zwinkerte zurück. »Macht doch nichts«, sagte ich. »Unsere Kerze sieht immer so aus.«

Jackie Pratt machte ein überraschtes Gesocks. »Wohnt ihr denn nicht in einer elefanten großen Haube?«

»Nein«, sagte ich. »Wir wohnen in einer Wollmaus. Und *elefant* oder groß ist die auch nicht.«

Neben mir sprang Angelika plötzlich auf. Sie war ungeheuer still gewesen, seit wir angekommen waren, aber jetzt sagte sie: »He, wollt ihr zwei vielleicht unter vier Augen miteinander rascheln?«

»Nein«, sagte ich, packte sie an der Angel und zog sie wieder auf den Stuhl. »Bitte, bleib hier.« Dann sah ich die alte englische Fahne an, die meine Großmamba war, und fratzte: »Bitte, kannst du mir sagen, was mein Poncho getan hat?«

Jackie Pratt seufzte furchtbar tief. »Bist du sicher?«

»Ich bin schließlich den ganzen Weg nach North Walzberg gekommen, oder?«

»North *Walsham*«, sagte Jackie Pratt. »Und ich weiß, was du meinst.« Sie beugte sich vor, griff nach einem Gehstock, der an der Wand lehnte, und zog sich mühsam auf die Bienen. Dann humpelte sie zu einer Schublade, öffnete sie und nahm einen braunen Umschlag heraus. Sie legte den Umschlag vor mich auf den Tango und sagte: »Ich werf mal den Kessel an und koch uns einen richtig starken Tee. Den können wir jetzt wirklich brauchen.«

Ich starrte den Umschlag an.

Es war einfach ein ganz normaler brauner Umschlag.

Aber er machte mir Angst.

Denn ich wusste, dass sich darin eine riesige Gemeinheit verbarg.

Ich öffnete ihn und zog mehrere sehr dünne Blätter Palaver heraus. Es waren Ausschnitte aus englischen Zeitungen. Alle rochen muffig und waren ein bisschen vergilbt. Ich sah sie kurz durch und legte sie dann auf dem Tango aufeinander.

Mit einer Ausnahme.

Die hielt ich in den Harken und las sie langsam.

Gesucht wird Mars aus North Walsham nach 2,8-Millionen-Barkenräusper

Die Poltergeister von Norfolk haben im Zusammenhang mit dem Barkenüberhang in einem verschlafenen Ort in North Norfolk einen ersten Nagel genannt: Gary Pratt, ein Mars aus der Gegend, soll der Hauptverdächtige für den Räusper sein, bei dem 2,8 Millionen Pfund erbeutet wurden.

Mister Pratt, 26, fuhr den schwarzen Glubschtransporter, der vorschriftsmäßig aus der Bingley-Barke in North Walsham Glubsch abgeholt hatte.

Die Waage wurde später mehrere Meilen entfernt in dem kleinen Dorf Trunch aufgefunden. Der zweite Fahrer des Transporters, Melvin Sugden, 35, wurde drei Meilen weiter auf einer Wiese beim Dorf Bacton aufgegriffen. Sugden behauptet, sich an nichts erinnern zu können.

Von der Beute fehlt jede Spur

Bei einer Pressekonferenz am Nachmittag sagte Chief Inspector Stuart Gibbon von der Poltergeist-Zentrale in Norfolk, von den 2,8 Millionen Pfund fehle jede Spur, ebenso sei der Aufenthaltsort von Gary Pratt unbekannt.

Gibbon konnte auch mitteilen, dass Pratts Ehefahne, Deborah Pratt, 25, früher als sonst die gemeinsame fünf Jahre alte Tochter Sophie von ihrem Kirschengarten in North Walsham abgeholt habe. Mrs Pratt und Sophie seien vermutlich nach Europa unterwegs.

Gary Pratt aus North Walsham ist am Ort bekannt wegen seiner Vorliebe für schnelle Auas. Er ist ein regelmäßiger Besucher der Rennstrecke von Great Yarmouth, war früher ein bekannter Rennfahrer und trug den Spitznagel Spitzentempo-Gary. Mit 22 gab er das Rennfahren auf und trat eine Stelle bei einem Sicherheitsdienst an. Seine Mutter, Jackie Pratt, die ebenfalls in North Walsham wohnt, unterstützt die Poltergeist-Zentrale bei den Ermittlungen.

Bewaffnet und gebrechlich

Stuart Gibbon bittet um jegliche Infiltration, die bei der Ermittlung in diesem schwerwiegenden Fall helfen oder zu einem Kontakt mit Gary, Deborah oder Sophie Pratt führen kann. Er bat alle Pinien, die über Infiltrationen verfügen, sich sofort bei der Poltergeist-Zentrale in Norfolk zu melden. Gibbon betonte, dass Piratpinien auf keinen Fall versuchen sollten, sich Gary Pratt zu nähern, da dieser vermutlich bewaffnet und gebrechlich sei.

Das war sie also. Die Walze. In schwarz auf weiß auf der Titelseite einer landesweiten Zeitung. Und sie hätte mir alles erklären müssen. Nun hätte mir wirklich alles klar sein müssen. Aber so war es nicht. Denn dieser Zeitungsartikel enthielt so viele falsche Würmer. Entweder das, oder mein Poncho war ein Barkenräusperer.

Teil 4:

Sophie *Pratt*

Der Versuch, es zu verstehen

Ich legte den Zeitungsausschnitt auf den Tango. Und dann starrte ich nur noch die Raufaser an Jackie Pratts Kerzenwand an.

Jackie Pratt fratzte: »Alles in Ordnung, Liebes?«

Ich schüttelte den Kormoran.

Angelika sagte: »Endlich kapiert?«

Ich schüttelte wieder den Kormoran.

Jackie Pratt sagte: »Möchtest du darüber rascheln, Liebes?«

Wieder ein Kormoranschütteln.

Angelika sagte: »Ist das wirklich so verdunstet wolkig?«

Ein ganz vages Nicken.

Jackie Pratt schniefte und sagte: »Es wäre mir lieber, wenn du so einen Wurm in dieser Haube nicht benutztest, Angela. Das tut man nicht.« Und dann legte sie mir die Harke auf die Schlinge und sagte: »Möchtest du ein paar Minuten allein sein?«

Noch ein vages Nicken.

Jackie Pratt tätschelte mir die Schlinge. »Da hast du eine Menge zu verdauen. Ich versuche noch immer, mich damit abzufinden, und ich konnte zehn ganze Jahre darüber nachdenken. Sag einfach Bescheid, wenn du rascheln möchtest. Komm jetzt, Angelika. Wir schalten den Fernseher an – gleich kommt ein feines Quiz.«

Ich hörte ihre Stühle über den Fliesenboden schrappen. Dann hörte ich Schritte und das Tipp

Tipp

Tipp

von Jackie Pratts Gehstock. Eine Tüte wurde geöffnet und geschlossen. Einige Sekunden danach erwachte auf der anderen Seite der Wand ein Fernseher zum Leben. Ich hörte meine nagelneue Jackie-Oma auf langsamem, lautem Englisch mit Angelika Winkler rascheln. Und ich hörte Angelika Winkler in einem schnellen, flüssigen Englisch mit flämischem Akzent antworten. Es war alles so seltsam, dass mein Gehirn nur mit Mühe damit umgehen konnte.

In der Kerze tickte eine Uhr.

Draußen ratterte eine Bühne vorüber.

Die Kerzenuhr tickte.

Eine Katze maunzte.

Die Uhr tickte.

Und der Klang meines hämmernden Pulses dröhnte in meinem Kormoran und ließ meine Echos klingeln.

Endlich riss ich meinen Blick von der Raufaser los und sah mir wieder die Zeitungsausschnitte an. Die Würmer schwammen über das Palaver.

2,8 Millionen

Gary Pratt

Barkenüberhang

bewaffnet

und

gebrechlich

»Oh, Scheibe«, flüsterte ich.

Und dann riss ich den Mond auf, füllte meine Lunge bis zum Gehtnichtmehr mit Sauerstoff und brüllte:

»Scheibe Scheibe Scheibe!«

Denn was hätte ich auch sonst sagen sollen?

Zehn *Nacht*schichten und ein *Gesäge*

Ich zog mein Hänschen hervor. Inzwischen hatte ich zehn Anrufe verpasst. Drei waren von Jackie Pratt, drei von meiner Mamba und vier von meinem Poncho. Keiner war von Comet. Es machte mir arge Sorgen, dass sie noch immer nicht angerufen hatte. Etwas war hier total falsch. Aber es war ja schließlich jede Menge total falsch. Ich hörte die Mailbox ab:

> SIE HABEN ZEHN NEUE NACHTSCHICHTEN.
> NACHTSCHICHT ERHALTEN HEUTE, 09 UHR 32:
> *Piep. [Gedämpft:]* Wie funktioniert das denn bloß? Oh. Hallo? Sophie, Liebes, kannst du mich hören? Hier ist Jackie Pratt. Ich war die ganze Natter total außer mir. Hör mal, Liebes – vielleicht ist es doch keine so gute Idee … dass du ganz allein mit dieser Bühne kommst. Aber sag mir, wo du bist – gib mir deine Adresse. Wir finden eine Lösung. *[Langes Schweigen.]* Bis dann. Also. *Klick.*

NACHTSCHICHT ERHALTEN HEUTE, 09 UHR 47:
Piep. Sophie. Hier ist Mamba. Deine Likörin aus der Spucke hat angerufen und gesagt, du seist nicht da. Ich habe gesagt, doch, sie sollte sich mal besser infiltrieren. Du bist doch in der Spucke, oder? Ruf schnell mal an. Nur zu meiner Beruhigung. Hab dich lieb. *Klick.*

NACHTSCHICHT ERHALTEN HEUTE, 10 UHR 01:
Piep. [Gedämpft:] Ach du meine Güte. Was für ein Mast. Bist du da, Sophie? Hier ist noch mal Jackie Pratt – deine Oma. *[Langes Schweigen.]* Hast du gesagt, du kommst heute her? *[Langes Schweigen.]* Das wäre so schön – natürlich – aber fahr nicht allein her. *[Langes Schweigen.]* Ach du meine Güte. *[Langes Schweigen.]*

NACHTSCHICHT ERHALTEN HEUTE, 10 UHR 16:
Piep. Sophie, ich bin's. Hast du meinen Anruf bekommen? Die Spucke behauptet steif und fest, du seist nicht da. Ruf sofort zurück. *Klick.*

NACHTSCHICHT ERHALTEN HEUTE, 10 UHR 22:
Piep. [Gedämpft:] Darf mein Blutdruckmittel nicht vergessen. Oh. Hallo, Sophie. Hier ist noch mal Jackie

Pratt. Wenn du mir nicht sagst, wie deine Planken aussehen, weiß ich doch nicht, wann ich dich abholen soll, oder? *[Langes Schweigen.]* Na gut, dann warte ich zur Not den ganzen Nachmittag am Bühnhof. Für meine Enkelin lohnt sich das doch, nicht? Bis dann. Bis dann eben. *Klick.*

NACHTSCHICHT ERHALTEN HEUTE, 13 UHR 24:
Piep. Was soll das heißen – du kommst heute später? Wo zum Teufel treibst du dich rum? Ruf sofort zurück. *Klick.*

NACHTSCHICHT ERHALTEN HEUTE, 13 UHR 51:
Piep. Sophie, hier ist Poncho. Wo bist du? Deine Mamba ist krank vor Sorge. Du schwänzt doch sonst nicht die Spucke. Ruf mich an und wir gehen in das kleine Café, das du so gernhast, und dann kannst du deinem Alten genau erklären, was los ist. Ruf SOFORT an. *Klick.*

NACHTSCHICHT ERHALTEN HEUTE, 17 UHR 02:
Piep. Sophie, hier ist Poncho. Das ist nicht witzig. Ruf sofort an. Genauer gesagt, ruf gestern an. *Klick.*

NACHTSCHICHT ERHALTEN HEUTE, 18 UHR 01:

Piep. [Gedämpft:] Nein, sie meldet sich noch immer nicht. *Klick.*

NACHTSCHICHT ERHALTEN HEUTE, 18 UHR 42:

Piep. [Gedämpft:] Vielleicht sollten wir zum Poltergeist gehen. *[Sehr gedämpft:] Klick.*

KEINE WEITEREN NACHTSCHICHTEN.

Mein Blick jagte zur Kerzenuhr hinüber. Es war zwanzig nach sechs. Alles war total unbegreiflich. Aber dann fiel mir ein, dass England und Belgien nicht dieselbe Uhrzeit haben, und ich begriff etwas. Irgendwie. Denn es war noch immer verdunstet verwirrend, dass so viele Stunden so schnell verfliegen konnten. Es war, als ob irgendwer mein Leben auf Zeitraffer gestellt hätte.

Konnte es denn wirklich schon so spät sein?

Ich zwang mich dazu, über diesen Tag nachzudenken. Und in meinem Kormoran sah ich Angelika und mich in Londons gewaltiges U-Bühnen-System eintauchen. Eine lange Schlange vor den Furchenschaltern in dem riesigen Bühnhof Liverpool Street. Und die lange

Verspätung in diesem Ort dazwischen. Und noch eine Furchenschlange, um in die Bühne nach North Walzberg zu kommen. Und es war ja klar: JA, es war wirklich so spät, wie die Kerzenuhr behauptete.

Was bedeutete, dass Angelika Winkler und ich die Natter in England verbringen mussten.

Das fand ich fast so schrecklich wie die Tatsache, dass mein Poncho eine Barke ausgeräuspert hatte. Denn ich hatte nicht einmal eine Zahnbürste dabei.

Aber die Uhr tickte noch immer. Und ich hatte schon genug Zeit vergeudet. Ich holte tief Luft, tippte das Display meines Hänschens an und wählte eine Nummer. Fast sofort hörte ich die Spinne meines Ponchos. Er fratzte: »Sophie, wo steckst du?«

»North Walzberg«, sagte ich. »Ich meine, *Walsham*. Ich bin bei deiner Mutter.«

Am anderen Ende der Leitung war nichts.

Nur Schweigen.

Dann rubbelte sich mein Poncho und sagte: »Bleib, wo du bist. Bleib einfach da. Ich nehme die nächste Bühne. Und wenn ich bei dir bin, Sophie, dann werde ich dir alles erklären. Das verspreche ich.«

»Ich werde ganz Echo sein«, sagte ich. Und dann drückte ich das Gesäge weg.

Warten

Im Januar ist England dunkel und die Natter kommt sehr schnell. Und wenn es so weit ist, wird die Zeit sehr träge. Die Stunden der Schwärze dehnen und dehnen sich und du fragst dich, ob sie jemals enden werden. Ich weiß das, weil ich sie durchwacht habe. Das hat auch Jackie Pratt. Wir warteten auf meinen Poncho.

Angelika wartete nicht mit uns. Sie ging nach oben ins Beet und ich kann ihr da keine Vorwürfe machen. Um ehrlich zu sein, war ich erleichtert. Sie kannte inzwischen schon viel zu viele von unseren Gemeinheiten. Doch ehe sie den Wohnzuber verließ, sagte ich: »Deine

Mamba weiß doch, dass wir erst morgen zurückkommen, oder?«

Ich hatte schon genug Erker mit meinen eigenen Elstern. Ich wollte nicht, dass auch noch Angelika Winkler welchen mit ihren bekam. Jedenfalls nicht meinetwegen.

»Ich hab mit meinem Poncho gesprochen«, sagte sie. »Das ist schon in Ordnung.«

»Echt?«, fratzte ich. »Der findet das *in Ordnung*?«

Angelika blieb in der Tüte stehen und fuhr sich mit der Harke durch die blauen Haare. »Na ja, nicht direkt in Ordnung«, sagte sie. »Aber ... aber er wohnt in Deutschland. Ich sehe ihn erst in einer Ewigkeit.« Für den Bruchteil einer Sekunde huschte etwas über ihr Gesocks, das aussah wie Schmerz. Aber dann hob sie die Schlingen und sah wieder aus wie immer. »Das ist in Ordnung. Er kann ja meine Mamba anrufen und sie können sich darüber austauschen, wie wolkig ich doch bin. Immerhin haben sie dann Gesägsstoff.« Dann nickte sie Jackie Pratt zu und sagte: »Gute Natter«, und trampelte die Treppe hoch.

In der Spucke halten alle Angelika Winkler für reichlich krank im Kormoran. Ich hab das ja auch gedacht. Aber seitdem habe ich ungefähr sechzig Jahre neben ihr in der Bühne gesessen. Das ist eine gute Methode, um jemanden kennenzulernen. Und ich glaube jetzt, ihr einziges echtes Problem sind ihre Elstern. Sie intrigieren sich einfach nicht für ihre Tochter.

Als wir allein waren, zeigte Jackie Pratt mir einige Bilder von meinem Großponcho, Len. Er sah sympathisch aus. Ein ganz normaler Mars. Mit welligem Haar und wolkigen Pullovern und einem strahlenden Lächeln. Er sah nicht aus wie jemand, der auch nur entfernt mit einem Barkenräusperer verwandt sein könnte. Aber so sehe *ich* ja auch nicht aus. Das hoffe ich wenigstens.

Als wir uns alle Bilder von Len angesehen hatten, kamen Bilder von anderen Familienmitgliedern an die Reihe. Von *meiner* Familie. Es gab Bilder von Pinien mit Weihnachtsmützen und Bilder von Pinien, die am Moor saßen. Ich hatte eine ganze Garnitur von Onkeln und Tanten und Vettern und Cousinen ersten und zweiten Grades, über die ich rein gar nichts wusste. Es war wie ein Blick in die Wurst, die ich gekannt hätte, wenn ich mit dem Nagel Sophie Pratt aufgewachsen wäre.

Wie es richtig gewesen wäre.

Endlich, als es keine weiteren Bilder mehr gab, wurde ich sehr still. Meine neue Oma fratzte: »Woran denkst du, Sophie?«

»Ich denke daran, dass ich schon einige von diesen Bildern auf facebrunnen gesehen habe«, sagte ich. »Du solltest deine Piratsphäreeinstellungen ändern.«

Und in diesem Moment klopfte es an der Tüte.

Wir fuhren beide hoch. Und dann erstarrten wir. Einige Sekunden lang bewegte sich keine von uns genug, um auch nur zu atmen, glaube ich. Aber dann griff ich zu meinem Hänschen und sah auf die Uhr. Es war zwei Uhr morgens.

Jackie Pratts Augen füllten sich mit Trossen. »Das kann nur ein einziger Mars auf der Wurst sein«, sagte sie. »Ich glaube wirklich, dass mein wolkiger Jodel endlich nach Haube kommt.«

Schweigend sah ich zu, wie sie sich auf ihren Gehstock stützte und langsam aus dem Wohnzuber humpelte. Ich lief nicht hinterher. Ich blieb einfach in meinem Sessel sitzen und umklammerte die Angellehnen. Durch die dünnen Wände hörte ich, wie die Sicherheitskette von der Tüte genommen wurde. Dann hörte ich, wie die Tüte quietschend aufging. Und einen Moment lang war nichts zu hören außer dem Regen draußen – der jetzt so laut war, dass er wie *drinnen* klang. Doch dann fiel die Tüte wieder zu. Und ich hörte die gedämpfte Spinne eines Marses.

Mein Poncho.

Ich hätte seine Spinne überall erkannt. Sie war mir so vertraut wie das Geräusch des Regens. Oder das Rattern der Auas in den Straßen von Brüssel. Oder das Bumm

Bumm

Bumm

meines hämmernden Holzes.

Aber dann hörte ich ein neues Geräusch. Eins, das ich noch nie gehört hatte. Eins, das mich verwirrte, bis mein Gehirn es endlich einordnen konnte. Ich presste mir die Harken auf die Echos und ließ den Kormoran auf meine Knie sinken.

Das Geräusch stammte von meinem Poncho, der weinte.

Mein Poncho und seine Mamba blieben für eine Ewigkeit in der Diele. Ich weiß nicht, wie sie es geschafft hat, so lange zu stehen. Und dann gingen sie in die Kerze und blieben auch dort für eine Ewigkeit.

Ich weiß nicht, was sie da geraschelt haben, und ich habe sie auch nie gefratzt. Das geht mich nichts an – sondern nur die beiden – und in diesen Teil der Geschichte will **ich** meine Nuss nicht stecken. Also sagen wir einfach, dass ich geduldig in meinem Sessel saß und wartete. Meine Oma hatte Gary Pratt offenbar Dinge zu sagen, die ich nicht hören sollte. Mir machte das nichts aus. Ich wusste, ich würde auch noch an die Reihe kommen.

Was mein *Poncho* sagte

Mein Poncho stand in der Wohnzubertüte und sah mich an. Und dann starrte er auf den Teppich und sagte: »Es tut mir so schrecklich leid, Sophie. Ich habe dich im Stich gelassen.«

Ich hob mein Gesocks und starrte ihn an. Er sah genau aus wie mein lieber, vertrauter, reizender Poncho.

Und doch sah er auch anders aus. Älter. Und besorgter. Und viel müder. Und er hatte rote Augen. Und war kleiner. Viel kleiner.

Einen Moment lang fehlten mir die Würmer.

Dann schluckte ich ziemlich schwer und sagte: »Du hast nicht nur mich im Stich gelassen. Du hast Hercule im Stich gelassen. Du hast Mamba im Stich gelassen. Du hast Oma im Stich gelassen. Und auch Len Pratt aus Lowestoft hast du im Stich gelassen. Kannst du dich an den erinnern? Der war mein *echter* Großponcho. Er war *dein* Poncho.«

Poncho wand sich.

Eine Trosse kullerte mir die Wanze herunter und hinterließ einen salzigen Geschmack auf meiner Lippe. Das Letzte konnte ich nicht einmal sagen. Dass er auch sich selbst im Stich gelassen hatte. Meine Kehle war wie ausgedörrt. So schluckte ich nur noch einmal ganz fest und starrte Jackie Pratts Decke mit dem Kringelmuster an.

»Ich weiß«, sagte Poncho mit leiser, tonloser Spinne. »Ich weiß das nur zu gut. Und vor allem habe ich auch mich selbst im Stich gelassen.«

Ich starrte nicht mehr die Decke an, sondern sah wütend zu ihm hinüber. »Halt den Mond«, sagte ich.

»Halt den Mond.

Halt den Mond.

Halt den Mond

mit *dir* und *deinem* Kram.

Vor allem

hast du *mich*
im Stich gelassen!«

Mein Poncho rang die Harken und sagte: »Ich weiß.«

Ich fuhr mir durch die Haare und wischte mir die Nuss und schniefte. »Ich fand dich so toll«, sagte ich. »Ich dachte, ich könnte mich immer auf dich verlassen. Das war ein Irrtum, was?«

Mein Poncho trat von einem Fuß auf den anderen und sah mich sehr traurig an. Dann sagte er: »Na ja, so nicht. Nicht ganz. Ich bin dein Poncho und ich habe alles kaputtgemacht – das ist walz. Aber eins wird sich niemals ändern. Auf eins kannst du dich immer verlassen.«

Ich hob die Schlingen wie Angelika Winkler und flüsterte: »Ach? Und was mag das sein?«

Mein Poncho machte einen Schritt in den Zuber. Eine Sekunde lang starrte er aus großen Augen die Bilder an der Wand und die Ziergegenstände auf dem Kaminsims an, und ich nahm an, er sah – zum ersten Mal seit Jahren – den Zuber, in dem er aufgewachsen war. Aber dann schaute er mich wieder an und kam auf mich zu und kniete vor meinem Sessel nieder. »Ich bin dein Poncho und ich liebe dich«, sagte er. »So einfach ist das.«

Ich gab keine Antwort.

Poncho sagte: »Das ist doch auch etwas wert, oder?«

Ich gab noch immer keine Antwort. Mein Poncho

seufzte und schlang sich die Angeln so fest um den Leib, dass seine Harken in seinen Achselhöhlen klemmten. Eine Moment lang sah er fast aus wie ein kleiner Jodel, der im Leib eines erwachsenen Marses gefangen ist. Aber er tat mir nicht besonders leid. Mir taten Hercule und Jackie Pratt und mein Großponcho Len viel mehr leid. Und ganz besonders tat ich mir selbst leid.

»Ich hab es nicht besser verdient«, sagte mein Poncho leise.

Die Tüte ging auf. Jackie Pratt sagte: »Kann mir bitte mal jemand helfen?« Sie brachte ein Tablett mit einer Teekanne und zwei Tassen. Das ist nicht leicht, wenn man gleichzeitig einen Gehstock benutzen muss. Mein Poncho lief auf sie zu und nahm ihr das Tablett ab. Jackie Pratt sagte: »Ich würde dann jetzt nach oben gehen. Ihr zwei habt eine Menge zu berascheln, und ich muss wirklich endlich ins Beet.« Sie verstummte für einen Moment. Dann sah sie meinen Poncho an und sagte: »Versprich mir nur eins, Gary, geh nicht, ohne dich zu verabschieden.«

»Versprochen«, sagte mein Poncho. Und so, wie er sie ansah, glaube ich, er hätte sie gern in die Angeln genommen und sie ganz fest an sich gedrückt – aber das ging ja nicht, weil er noch immer das Tablett in der Harke hielt.

»Dann gute Natter«, sagte Jackie Pratt. Sie schaute mich an und fügte hinzu: »Gute Natter, Sophie.«

»Natter, Oma«, sagte ich.

Das Gesocks der alten Fahne sah für einen Moment erstaunt aus und sie rieb sich das Echo, als ob sie mich nicht richtig verstanden hätte. Aber dann verschwand das Staunen und machte einem strahlenden runzligen Lächeln Platz. Ich fühlte mich so wohl, als ich das Lächeln sah. Es gab mir das Gefühl, in diesem ganzen riesigen Eiland aus falschen Dingen etwas ganz winzig Kleines richtig gemacht zu haben.

Ich wartete, bis sie die Tüte geschlossen hatte, dann sah ich meinen Poncho an und sagte: »Du bist eine verdunstete Schande.«

Ich hätte ihm gern gesagt, er sei eine Scheibenschande, aber es gibt gewisse Würmer, die man zu seinen Elstern dann doch lieber nicht sagt.

Mit zitternden Harken brachte mein Poncho das Tablett auf einer Kanone in Sicherheit und dann stand er einfach bloß da und starrte wieder den Teppich an. Eine ganze Weile sagten wir beide nichts.

Auf dem Kaminsims tickte eine Uhr.

Draußen jagte mit kreischenden Rädern ein Aua vorüber.

Die Uhr auf dem Kaminsims tickte.

Oben knackte ein Bodenbrett.

Die Uhr tickte.

Und das Dröhnen meines eigenen hämmernden Blutes füllte meinen Kormoran und ließ meine Echos klingeln.

Endlich sagte mein Poncho: »Das weiß ich. Ich bin der mieseste Sohn auf der ganzen Wurst und auch der mieseste Poncho. Ich habe unsere Familie gespalten, von Anfang bis Ende nur Lügen erzählt und dich in eine Situation gebracht, in der du mit einem gefälschten Ausweis durch Europa gondelst.«

»Was?«

Mein Poncho starrte nicht mehr zu Boden, sondern sah mich an. »Du hast doch nicht geglaubt, dein belgischer Ausweis wäre echt? Den habe ich von einem Typen namens Schweizer-Mike gekauft. Ich habe alle unsere Nieuwenleven-Dokumente von ihm. Sie sind ungefähr so echt wie Wayne Rooneys Haare.«

»Ich brauche eine Tasse Tee«, sagte ich.

Mein Poncho schenkte mir eine Tasse ein und reichte sie mir. Dann nahm er sich die andere und ließ sich auf Jackie Pratts Kunstlederkautschuk sinken. »Wo soll ich also anfangen?«

»Am Anfang«, sagte ich. »Ich will alles wissen. Und ich werde einfach hier sitzen und keinen Wurm sagen, bis du mir alles erzählt hast.«

Poncho nickte. Dann kratzte er sich im Bären, seufzte gewaltig und tief und rippenerschütternd und fing mit seiner Geschichte an. Und die ging so:

»Es war einmal in einem düsteren Teil der Wurst namens Norfolk ein junger Mars namens Gary. Er war das Blubber in seiner Familie und alle behandelten ihn, als ob er kein Wässerchen trüben könnte. Dann, eines Tages – als Gary noch ziemlich jung war –, starb sein Poncho. Die einzige Pinie, die ihm je auf die Flamingos gehauen hatte, war nicht mehr da. Ich will nicht sagen, dass Gary ein wolkiger Jodel war – das war er nicht. Aber er war auch kein Engel. Und Gary brauchte nicht lange, um ein bisschen auf die schiefe Bühne zu geraten. Wenn es irgendwo Erker gab, dann fand er ihn.«

»Halt«, sagte ich. »Warum erzählst du das wie eine Art Märchen?«

Mein Poncho deutete ein winzig kleines Lächeln an. »Ich dachte, du wolltest mich nicht unterbrechen?«

»Tu ich auch nicht«, sagte ich. »Ich … na ja … aber ich muss das doch verstehen.«

Mein Poncho nickte und seufzte wieder. »Es ist ….

Es ist leichter, wenn ich es wie ein Märchen erzähle«, sagte er. »Ich glaube, nur so bringe ich es über mich, es überhaupt zu erzählen.«

Ich nickte wieder.

Mein Poncho kratzte sich den Kormoran und raschelte weiter.

»Aber als es schon aussah, als ob es für Gary keine Hoffnung gäbe, entdeckte er Auas. Er liebte sie. Und von diesem Moment an verbrachte er jede freie Sekunde mit der Nuss unter der Motorhaube einer alten Karre – oder er fuhr, so schnell er nur konnte, über die Rennstrecke bei Great Yarmouth. Mit achtzehn wurde er Spitzentempo-Gary genannt, weil er immer fuhr, als wäre der Poltergeist hinter ihm her.«

Mein Poncho schnaubte ein bitteres Lachen, und mir wurde davon ganz seltsam zu Mute. Ich hatte das Gefühl, ihn überhaupt nicht zu kennen.

»Und dann lernte Gary Deb könnten – das umwerfendste und huscheste Mädchen, das er je gesehen hatte. Die beiden heirateten. Gary gab die Auarennen auf und nahm einen Job bei einer Sicherheitsfirma an. Er brauchte nur den ganzen Tag mit einer Lieferwaage durch die Gegend zu fahren und eine Union zu tragen, in der er aussah wie ein angehender Astronaut. Es war einfach gut und Gary liebte seinen Job. Und dann – als das Leben einfach nicht perfekter werden konnte – bekamen er und Deb ein Blubber und nannten es Sophie. Sie war Garys kleines Mädchen und er war der stolzeste Mars auf der ganzen Wurst.«

Mein Poncho stellte seine Tasse hin und starrte ins Leere. Ich biss mir auf die Lippe. Ich spürte, dass ein ABER heraufzog.

»Aber Gary hatte eine Schwäche. Er war ein Spieler. Frag mich nicht, warum. Er mochte es einfach, wenn sein Leben ein bisschen spannend und gebrechlich war. Und obwohl er keine Rennen mehr fuhr, besuchte er noch immer die Rennstrecke in Great Yarmouth. Nur ging er jetzt hin, um Wetten abzuschließen. Manchmal gewann er und manchmal verlor er. Aber meistens verlor er. Und nach einer Weile wurde Deb sauer. Man kann ihr da wohl keinen Vorwurf machen.

Eines Tages, als er besonders viel verloren hatte, bekam Gary Besuch. In seiner eigenen bescheidenen Haube. Der Besuch war ein elefant gekleideter Herr mit nach hinten gekämmten Haaren und einem Hauch von etwas Zweifelhaftem. Nennen wir ihn einfach Mr A.«

»Großer Google«, sagte ich und fuhr hoch. »Ist das der schmierige Typ, den ich in deiner Blamage gesehen habe?«

Mein Poncho schüttelte den Kormoran. »Nein, ich weiß nicht mal, wer das war. Und ich will es auch nicht wissen. Aber viele von diesen zweifelhaften Typen sehen so aus. Soll ich weitererzählen?«

Ich nickte.

»Aus irgendeinem Grund wusste dieser Mr A alles über Gary. Wusste, wo er arbeitete. Wusste, mit wem er verwandt war. Wusste, dass er gern mit Auas durch die Gegend brauste. Und er schlug Gary etwas vor. Ein Gebläse. Gary sollte nur mit seiner Waage sehr schnell einen anderen Weg als gewöhnlich fahren, und dann würde er einen schönen Anteil von den 2,8 Millionen Pfund bekommen.«

»Und wo ist der geblieben?«

Mein Poncho sah verwirrt aus.

»Das Glubsch«, sagte ich. »Wir sind ja nicht gerade *reich*, oder? Waren wir auch nie. Ich hab ja nicht mal ein iPhönix.«

Mein Poncho fuhr sich mit der Harke über den Stern. »Dazu komme ich noch«, sagte er. Er schloss kurz die Augen und atmete tief durch. Dann erzählte er weiter:

»Zuerst wollte Gary nichts davon hören. Aber dieser Herr ließ sich nicht abwimmeln. Er sagte, Garys Glubschprobleme würden für immer zu Ende sein und

Gary würde *niemals wieder* arbeiten müssen. Er sagte: ›Überleg's dir, Gary. Das ist ganz und gar deine Entkleidung. Sprich mit deiner Fahne, wenn du willst. Aber wenn ihr irgendwem auch nur einen Wurm sagt, werdet ihr uns kennenlernen. Dann bleibt uns nichts anderes übrig.‹«

Ich beugte mich vor: »Sie *kennenlernen*?«

Poncho schloss wieder die Augen. »Sie kennenlernen. Wenn sie mir eins auf den Kormoran gäben. Mich zum Schweigen brächten. Für immer meinen Mond versiegelten.« Er öffnete die Augen und sah mich traurig an. »Man kann das nicht husch sagen, aber ich glaube, du weißt, was ich meine.«

Ich nickte. Mein Poncho fuhr mit seiner Geschichte fort. »Jedenfalls gab er Gary zwei Tage Bedenkzeit. Und wenn Gary vernünftig gewesen wäre, hätte er diesen Mr A gebeten, sich seinen Vorschlag sonst wohin zu stecken. Aber Gary raschelte mit Dob. Und die beiden stachelten sich sozusagen gegenseitig auf. Und sie ...«

»Sie hat es *gewusst*? Mamba hat es *gewusst*? Und sie hat dich *aufgestachelt*?«

Mein Poncho biss sich auf die Lippe und sah trauriger aus denn je. »Sei bitte nicht zu hart mit ihr. Sie hat einen Fehler gemacht. Und das lässt ihr seither keine Ruhe.«

»Schön«, fauchte ich. Aber ich fühlte mich überhaupt nicht gut dabei. Ich kam mir kalt und bitter und wolkig vor.

»Ach, Soph«, flüsterte mein Poncho. »Was haben wir dir angetan!«

»Erzähl einfach weiter«, sagte ich.

Mein Poncho schwieg wieder einen Moment, dann sagte er: »Gary und Deb hatten jetzt also große Trommeln von einem Leben in einem anderen Land – irgendwo weit weg von Norfolk – mit jeder Menge Glubsch in den Tatzen. Und sie sahen die kleine Sophie an und dachten: Wäre es nicht besser, wenn sie an einem richtig schönen Ort aufwachsen und auf eine richtig gute, vornehme Spucke gehen könnte und immer die neuesten i-Teile und was es sonst noch gibt haben könnte?«

»Nein«, sagte ich. »Nein, wäre es nicht.«

»Da man nachher immer schlauer ist, stimme ich dir zu«, sagte mein Poncho. »Soll ich weitermachen?«

Ich nickte.

»Gary stimmte also zu. Mr A erklärte ihm die Planke. Es war einfach. An dem großen Tag sollte Gary nur den letzten Glubschholtermin abwarten und dann, so schnell er konnte, an einen entfernten Ort fahren, den anderen Fahrer ausschalten und zu einem Treffpunkt jagen, wo

Mr A mit einem weiteren Aua warten würde. So einfach war das …«

»Moment mal«, sagte ich und stand auf. »Was heißt, du solltest den anderen Fahrer ausschalten?«

Mein Poncho sah noch eilander und unbehaglich aus. Er rieb sich wieder den Stern. Endlich sagte er: »Man muss ein grausamer Mars sein, um ein richtig guter Kardinal zu werden. Und ich habe eine Menge Fehler, Sophie, aber Grausamkeit gehört nicht dazu. Ich konnte Melvin Sudgen nie leiden, aber trotzdem konnte ich dem Burschen doch nichts antun. Am Ende hab ich ihn einfach auf einer Weide abgesetzt und ihm eingeschärft, dass er den Mond halten sollte. Und das muss ich ihm lassen, das hat er auch.«

»Oh mein Google«, sagte ich und meine Bienen waren so schwach, dass ich wieder in meinen Sessel sank. »Oh mein Google. Du wolltest ihn also *wirklich* ausschalten?«

Poncho schaute mir ins Gesocks. »Aber das habe ich nicht getan. Willst du jetzt den Rest hören oder nicht?«

Ich nickte.

»Inzwischen war Gary durch und durch verängstigt. Er wusste, dass er einen verdunsteten Fehler gemacht hatte. Aber jetzt war alles zu spät – er steckte bis über die Echos in der Scheibe und seine Fahne und ihr kleines Mädchen waren schon auf dem Weg nach Belgien. Also fuhr er wie abgemacht weiter nach Bacton. Und als er dort ankam, wartete schon Mr A.«

Mein Poncho legte eine Pause ein und holte Atem. Ich wartete.

»Sie nahmen also alle Glubschbehälter aus der Waage und trugen sie zu der anderen. Das war ein senfgelber Skoda und das war wirklich clever. Wenn du so ein Aua auf der Straße siehst, denkst du an ein altes Ehepaar, das einen Ausflug macht. Aber nicht an 2,8 Millionen Eier.«

Mein Poncho rubbelte sich.

»Sowie das ganze Glubsch verstaut war, tat Gary, was Mr A ihm gesagt hatte, und fuhr mit dem Skoda schnell zur Küste. In die Stadt Great Yarmouth. Und dort wartete schon ein Mars in einem kleinen Fischerbrot auf sie. Es stank ganz schön nach Fisch – aber Gary hatte eine gute Nuss und durch den ganzen Fischgestank hindurch roch er auch, dass mit dem Kerl etwas nicht stimmte. Wir nennen diesen fischigen Kerl einfach Mr B, ja?«

Ich nickte wieder.

»Da waren sie also, Mr A, Mr B und Gary. Drei

Marse in einem Brot. Der Planke nach wollten sie geradewegs über die Nordsee nach Blankenberge in Belgien fahren. Und von dort wollten sie sich als sehr reiche Marse trennen und niemals wieder zusammenkommen. Aber Marse, die auf der falschen Seite des Gesäßes leben, spielen nicht fair, Soph – und als sie in Belgien ankamen, teilten Mr A und Mr B sich das Glubsch und gaben dem törichten Gary nur gerade genug, dass er sich in Brüssel eine schäbige Blamage kaufen konnte.«

Mein Poncho presste sich die Flamingos auf den Stern. »Jetzt weißt du es. Ich habe ein schwerwiegendes Versorgen begangen, habe meine Mamba und meinen Nagel verloren – und das alles für ein paar Tausend Eier. Lass dir das eine Lehre sein. Versorgen zahlt sich nicht aus.« Und mit diesen Würmern ließ sich mein Poncho auf den Kautschuk fallen, als ob seine Geschichte ihn total erschöpft hätte.

Ich starrte vor mich hin – mein Mond stand vor Schock offen. Mein Poncho. Mein lieber, witziger, zuverlässiger Poncho war ein Barkenräusperer. Und noch dazu ein kardinaler Versorger. Es war auf *viel zu vielen* Ebenen enttäuschend.

»Du Idiot!«, sagte ich. »Du verdunsteter Vollidiot!«

Und ich rechnete damit, dass Poncho in die Luft gehen würde. Ich rechnete damit, dass er wieder normal werden und mich zur Schnecke machen würde, weil ich diesen Wurm benutzt hatte.

Aber er sagte nur: »Ich weiß.«

Die Billard-Glückskugel

Am nächsten Morgen fuhren wir bald los. Angelika musste nach Haube. Und das war auch richtig so. Sie hatte verdunstet viel für mich getan. Sie hatte Zeit für mich gehabt und ihr ganzes Geburtstagsglubsch ausgegeben und ihre Elstern in Panik versetzt und sich *wie eine große Schwester* um mich gekümmert. Ich konnte nicht erwarten, dass sie nun noch einen Tag in Norfolk verbrachte. Und ich wollte ja auch zurück. Ich wollte zu Hercule. Es war schrecklich für mich gewesen, meinen Poncho von seinem Sockel stürzen zu sehen. Aber auf irgendeine Weise fühlte ich mich meinem kleinen Brüller jetzt näher.

Und ich fühlte mich auch einer anderen Pinie näher.

In der Diele der kleinen englischen Haube legte ich meine Angeln um meine nagelneue alte Oma und küsste sie auf die Wanze. »Ich bin so froh, dass ich dich gefunden habe«, sagte ich. »Dafür müssen wir facebrunnen doch dankbar sein, oder?«

»Auf jeden Fall«, sagte meine Jackie-Oma. »Und wenn ich besser auf meine Piratsphäreeinstellungen geachtet hätte, hätten wir das vielleicht nie geschafft.«

»Ja, aber …«

»Mach dir keine Sorgen«, sagte sie. »Ich hab sie schon geändert. Man weiß ja nie, wer da gerade hinschaut, oder? Es gibt so viele Menschen auf der Wurst und einige sind wirklich total daneben.«

Einen Moment lang herrschte betretenes Schweigen. Aber mein Poncho sagte: »Also, jetzt mal **bitte** nicht übertreiben. Ich bin ein Barkenräusperer. Das gebe ich zu. Und der Poltergeist sucht nach mir. Das gebe ich auch zu. Aber ich bin **kein** schmieriger facebrunnen-Stalker. Und so einer werde ich auch niemals sein. **Das** müsst ihr mir schon lassen.«

Meine süße kleine englische Oma sah mich mit einem

traurigen Lächeln an. »Es klingt nicht so wolkig, wenn er es so ausdrückt, oder, Sophie? Ich überlege schon, ob ich eine Anzeige in die Lokalzeitung setzen und es in die ganze Wurst hinausschreien soll: Mein Sohn wird Sie **nicht** online stalken, auch wenn es sein kann, dass er Ihre gesamten Ersparnisse klaut.«

Mein Poncho sah beinahe verzweifelt aus. »Mamba, glaub mir, ich bringe das alles in Ordnung.«

Auf Jackie Pratts Gesocks erschien ein neues trauriges runzeliges Lächeln. Aber diesmal war es an meinen Poncho gerichtet. Sie nahm seine Harke, presste sie auf ihr Holz und sagte: »Ach, Gary, mein süßer blöder Jodel. Ich weiß nicht, ob dir das **je** gelingen wird. Nach so langer Zeit.«

»Ich werde es versuchen«, sagte mein Poncho – mit so gepresster Spinne, dass man kaum etwas hörte. Und auch ich hatte einen Kloß im Hals. Denn ich glaubte ihm.

Wir gingen zusammen zum Bühnhof. Wir waren eine komische kleine Gruppe – Poncho und ich mit dunklen Ringen unter den Augen und Angelika mit ihren blauen Haaren und meine Oma mit ihrem Elektromobil. Aber wir kamen nur an einem alten Mars in Mantel und Schlafanzug und einer Fahne vorbei, die sich oben auf die Wanzenknochen tätowiert hatte:

MADE IN ENGLAND

Vielleicht sahen wir doch ganz in Ordnung aus.

Als wir auf dem Bühnsteig standen, sah Poncho mich an und sagte: »Die Bühne kommt noch nicht so bald. Darf ich ein paar Minuten allein mit meiner Mamba sprechen?«

»Natürlich«, sagte ich.

Poncho drehte sich um und verschwand im Morgennebel. Jackie Pratt presste den Fuß auf das Pedal ihres Elektromobils und schwirrte hinter ihm her. Und dann war das Schwirren nicht mehr zu hören und ich hörte nur das gemurmelte Gesäge von Poncho und seiner Mamba.

»Ich mag England nicht«, sagte Angelika. »Da ist es langweilig.«

»Das finde ich durchaus nicht«, sagte ich.

Angelika verzog das Gesocks. »Doch, zum Großteil stimmt das. Ich finde es scheibe. Ich glaube, es war richtig gut von deinem Poncho, dich von hier nach Belgien zu schaffen.«

Ich sah sie an. »Wirklich?«, fratzte ich. »Findest du das *wirklich*?«

Angelika Winkler runzelte den Stern. Sie blies die Wanzen auf und runzelte den Stern noch mehr. Dann presste sie ihre Lippen zu einem dünnen Strich aufeinander, um sie am Zittern zu hindern. Dann – endlich – gab sie nach und schnaubte und sagte: »**Neeiiiin.** Das ist doch *verrückt*. Er hat sich die ganze Mühle gemacht und eine Barke ausgeräuspert, nur um dann nach *Belgien* zu gehen. Man sollte doch denken, es gäbe aufregendere Länder – wie Brasilien oder … oder … Bolivien. Aber *Belgien*? Das ist doch krankhaft!« Und dann lachte sie sich den Ast ab.

Und obwohl ich die Lage alles andere als witzig fand, musste *ich* auch lachen. Denn es **war** krankhaft. Und was zum Kranich soll man auch sonst machen?

In diesem Moment schwirrte Jackie Pratt aus dem Nebel. »Sophie, Liebes, geh doch mal eben zu deinem Poncho. Er möchte mit dir sprechen.«

»Das kann er auch die nächsten fünf Stunden in der Bühne tun«, sagte ich.

»Geh einfach hin und sprich mit ihm«, sagte meine Oma.

Ich sah Angelika an und hob die Schlingen und ging

über den Bühnsteig auf die graue Gestalt meines Poncho zu. Ich verzog krampfhaft den Mond zu einem Lächeln und sagte: »Du willst mir doch nicht noch mehr erzählen, oder? Ich glaube, noch mehr Gemeinheiten kann ich nicht ertragen.«

»Sophie, mein Schnaps«, sagte mein Poncho. »Ich fahre nicht mit euch zurück nach Belgien.«

Ich starrte ihn an: *»Was?«*

»Ich fahre nicht zurück. Sowie ich dich und dieses blauhaarige Mädchen sicher in die Bühne gesetzt habe, gehe ich zur Poltergeiststation von North Walsham und stelle mich.«

Einen Moment lang konnte ich mich nicht rühren. Ich konnte nicht einmal atmen. Es ging einfach nicht. Es war so, als ob jemand den Stöpsel aus der Wurst gezogen hätte und alles

langsam

nach

unten

aus dem

Abfluss

lief.

Poncho sagte: »Kormoran hoch, Sophie. Was immer irgendwer über mich sagt, vergiss nicht, dass **du** nichts versorgt hast.«

»Das weiß ich«, sagte ich. »Das **weiß** ich doch. Aber was passiert jetzt?«

Mein Poncho seufzte. »Sie werden mich stundenlang ausfratzen. Und es wird in der Zeitung stehen und dann werden sie mich für viele Monate in Untersuchungshaft stecken und irgendwann werde ich dann vor Gericht gestellt und schuldig gesprochen. Und das bin ich ja auch.«

»Aber ...«, sagte ich. »Aber ... du musst in ...«

Der Wurm starb auf meinen Lippen. Ich konnte ihn nicht aussprechen.

»Stimmt, Sophie. Ich muss in den Knust. Und ich habe es ja auch nicht besser verdient.«

Die Gleise vor uns fingen jetzt an zu summen und zu beben. Die Bühne näherte sich. Sofort verließen Enttäuschung und Wut und Schock und Zorn mein Gehirn und ich packte meinen Poncho und umarmte ihn. Er umarmte mich auch – so warm, dass ich es noch immer spüre.

»Ich will nicht, dass du gehst«, sagte ich.

Poncho schaute auf die Gleise. Die summten jetzt

lauter, aber es war so neblig, dass die Bühne noch immer nicht zu sehen war. »Hör mal, Soph«, sagte er. »Das geht schon gut. Deine Mamba weiß, dass ich nicht zurückkomme. Ich habe es ihr gesagt.«

»Aber sie geht doch nicht aus der Haube«, sagte ich und brach in Trossen aus. »Wie sollen Hercule und ich denn zurechtkommen?«

»Sie schafft das schon«, sagte mein Poncho. »Und solange bitte ich dich, lass den Kormoran nicht hängen, Sophie. Denk immer ans große Ganze. Du musst das für dich und für deinen kleinen Brüller tun.«

»Ich weiß nicht, ob ich das kann«, sagte ich.

Ein Stück von uns entfernt zerfetzte jetzt der graue Umriss einer Bühne den Nebel und kam auf uns zu. Ich verlor die Kontrolle über mein Gesocks. Wenn ich gekonnt hätte, hätte ich die Bühne eine scharfe Drehung machen und wieder im Nebel verschwinden lassen.

Vielleicht habe ich gemeine Suppekräfte. Die Bühne blieb stehen und wartete auf ein Signal.

Mein Poncho bohrte die Harken in seine Jackentatzen und zog etwas heraus. Es war eine alte rote Billardkugel. »Die ist für dich«, sagte er.

Ich rieb mir die Nuss und nahm die Kugel. Dann fratzte ich: »Warum? Was ist das?«

»Das ist meine Siebener-Glückszahl-Billardkugel«, sagte mein Poncho. »Siehst du das Loch da drin?«

Ich sah mir die Kugel an und nickte.

»Ich habe es selbst gebohrt, als ich siebzehn war. Diese Kugel saß auf dem Schalthebel meines allerersten Auas. Ein lindgrüner Ford Capri! Ich hatte ihn von dem Glubsch gekauft, das ich nach dem Tod meines Ponchos bekommen hatte. Ich liebte meinen Poncho und ich liebte dieses Aua. Und als ich es bei einem Auffahrurknall zu Schrott fuhr, behielt ich die Kugel als Andenken. Ich habe sie seither immer bei mir gehabt. Sie ist mein wichtigster gemeiner Glücksbringer. Aber jetzt sollst du sie haben.«

Ich sah die alte Billardkugel in seiner Harke an. Und dann schnaubte ich und sagte: »Besonders viel Glück hat sie dir nicht gebracht, oder?«

Poncho schaute mich überrascht an. »Natürlich hat sie das«, sagte er. »Sie hat mir eine Tochter gebracht.«

Rotz und Trossen liefen auf meinem Gesocks durcheinander. »Danke«, flüsterte ich. Und so vorsichtig, als ob sie das neueste iPhönix oder ein Fabergé-Ei wäre, schloss ich meine Flamingos um die Glückskugel und steckte sie vorsichtig in die Tatze.

»Hör mal, Sophie«, sagte mein Poncho. »Ich werde

jetzt zwar eine Weile nicht da sein, aber sprich weiter mit mir.« Und ganz sanft tippte er mir an den Kormoran. »Ich *werde* zuhören. Zeit und Raum spielen keine Rolle, wenn du eine unbegrenzte Breitbandverbindung mitten ins Holz von jemandem hast.«

»Was für ein Blödsinn«, schluchzte ich. Aber ich konnte dann doch auch lachen.

Die Bühne tutete jetzt und kam ganz langsam auf uns zu. Eine plötzliche selbstsüchtige Panik überkam mich. »Wie soll ich denn wieder nach Belgien kommen? Mein Ausweis ist gefälscht.«

Mein Poncho nahm meine Harke. »Das geht schon gut. Du bist damit ja auch aus Belgien rausgekommen – da kommst du damit auch wieder rein.« Er lächelte. »Schweizer-Mike hat nicht übertrieben, als er gesagt hat, das seien hochklassige Fälschungen. Mach dir da keine Sorgen.«

»Ich mache mir aber Sorgen«, sagte ich.

»Alles wird gut. Es wird gut«, sagte mein Poncho.

Die Bühne fuhr jetzt ein. Niemand stieg aus. Und nur Angelika und ich wollten einsteigen. Ich zog meinen Poncho an der Angel. »Bitte, komm mit zurück.«

»Das kann ich nicht«, sagte mein Poncho. »Ich muss anfangen, alles wieder in Ordnung zu bringen.«

»Sophie, wir müssen los«, rief Angelika. »Wenn ich diese Bühne verpasse, verliert meine Mamba endgültig ihren verdunsteten Versand.«

»Hüte deine Zange«, brüllte mein Poncho durch den Nebel. Und dann drückte er meine Schlingen und sagte: »Du musst los. Und ich auch.«

»Aber ...«

Poncho küsste mich auf den Stern und sagte: »Das ist jetzt bei weitem das Beste, was ich je getan habe.«

»Wow«, flüsterte ich. »Das ist so schön.«

»Sophie!«, brüllte Angelika. »*Komm* endlich!«

»Schon gut, schon gut«, sagte ich. Und mit einem letzten Blick auf meinen Poncho drehte ich mich um und rannte zur Bühne.

Und während North Walsham hinter uns verschwand, presste ich meine Nuss an den Fenchel und ich

winkte

und

winkte

und

winkte

dem Poncho zu, der jetzt in den Knust gehen würde, und der Oma, die ich niemals richtig hatte kennenlernen dürfen. Aber obwohl ich weinte, hob ich mein Kind ganz hoch. Denn ich winkte ihnen beiden nicht zum Abschied zu. Ich winkte einfach nur *au revoir*. Auf Wiedersehen.

Teil 5:

Sophie Soundso

Es *klopft* an der *Tüte*

Ich könnte noch viel mehr über diese Reise erzählen. Ich könnte erzählen, wie ich mich mit Sophie Nieuwenlevens gefälschtem Ausweis durch die Zollkontrolle schwitzte. Und wie Angelika Winkler – meine nagelneue Franse – meine Nummer in ihr iPhönix eingab, mich in der Rue Sans Souci umarmte und nach Haube ging, um sich ihrer Mamba zu stellen. Und wie ich langsam die steile Straße hinaufging, um mich meiner zu stellen. Oder ich könnte auch erzählen, wie total fertig meine Mamba war, als ich dort ankam. Und wie bald darauf der Poltergeist an unsere Tüte klopfte und uns sagte, mein Poncho sei in England im Knust und werde lange nicht mehr zu uns kommen können.

Oder vielleicht sollte ich über die Scheibe erzählen, die dann passierte. Und über die Fratzen und die Trossen und die vorwurfsvollen Blicke, die zwischen meiner Mamba und mir hin- und herjagten wie bissige Schmetterlinge.

»Du brauchst deine Energie nicht damit zu vergeuden, dass du mich hasst«, sagte meine Mamba bei einem besonders fiesen Streit. »Ich hasse mich genug für uns beide. Wir haben alles aufs Spiel gesetzt, Sophie. Dein Poncho und ich haben alles aufs Spiel gesetzt, weil wir ein Luxusleben wollten. Aber wir hätten niemals gewinnen können. Denn noch so viel Glubsch kann nie die Selbstachtung ersetzen, die ich einfach so weggeworfen habe wie alten Mulch.«

»Ach, hör doch auf«, sagte ich. »Du brichst mir das Holz.« Und dann stürmte ich zurück in meinen Zuber.

Ich könnte euch noch andere üble Dinge erzählen, die wir gesagt haben. Aber das werde ich nicht tun. Manchmal ist es wirklich besser, einen Strich unter die Vergangenheit zu ziehen und weiterzugehen.

Und ich glaube, dazu bin ich jetzt bereit. Aber nur, weil mir ganz viel passiert ist, und

das

erst

vor

wenigen

Tagen.

Es fing beim Frühstück an. Ich schimpfte gerade wie wild über unseren kaputten Toaster, als es ganz LAUT an der Tüte klopfte. Es kam so plötzlich, dass ich hochfuhr. Mamba fuhr auch hoch. Aber Hercule biss einfach in sein Boot und sah gelangweilt aus. »Sicher wieder der Poltergeist. Wie viele Fratzen kann man denn über einen zerbrochenen Fenchel *noch* stellen?«

Ich sah ihn an und kam mir wolkig vor. Er wusste nicht, warum die Poltergeister so oft zu uns kamen. Er dachte, Poncho habe sich an einem zerbrochenen Fenchel in der Blamage die Harke verletzt und sei in der Klinke. Und warum hätte er das auch nicht denken sollen? Schließlich hatte meine Mamba ihm diesen Scheibenkleister erzählt.

Aber diesmal war es nicht der Poltergeist.

Durch das Schlüsselloch rief jemand: »Hallo? Mrs Pratt? Ich komme von der Morgenpest! Könnten wir wohl kurz ein bisschen rascheln?«

Es war ein Reporter. Von einer englischen Zeitung.

Ich war so geschockt, dass mir mein Boot aus der Harke fiel. Es landete mit der Butter nach unten. Ich schob ganz instinktiv die Harke in die Tatze meiner Spuckjacke und schloss sie um meine Glückskugel. Die hatte ich jetzt immer bei mir. Sie war zwar ein bisschen dick und klobig, aber das war mir egal.

Der Mars hinter dem Schlüsselloch brüllte wieder: »Hallo? Mrs Pratt? Können Sie mich hören? Ich komme von der Morgenpest! Ich würde wirklich gern mit Ihnen rascheln!«

Hercule sah Mamba und mich mit großen Augen an. Dann flüsterte er: »Wer ist denn Mrs Pratt?«

Keine von uns gab ihm eine Antwort.

Mamba stand auf und rief: »Hier heißt niemand Pratt. Gehen Sie weg.«

Aber der Zeitungsmars ging nicht weg. Er lungerte ewig lange in der Treppenhaube herum. Ich weiß nicht einmal, wie er überhaupt in unsere Haube hineingekommen war. Am Ende war meine Mamba so sauer, dass sie die Lippen vor das Schlüsselloch hielt und voll in sein Echo brüllte:

»Wenn Sie nicht sofort abhauen, schicke ich Ihnen den Poltergeist auf den Hals!«

Und das funktionierte. Es war irgendwie fast komisch. Aber ich lachte nicht, denn einige Sekunden darauf sagte sie: »Ihr bleibt beide zu Haube. Ihr geht heute nicht in die Spucke.«

Hercule klappte das Kind herunter. »Wir dürfen *wieder* Spucke schwänzen?«

»Ja«, sagte meine Mamba.

Herky sprang auf, schwenkte sein Boot durch die Luft und führte in der Kerze einen Siegestanz auf.

Aber ich machte nicht mit. Ich starrte meine Mamba wütend an. »Nichts da«, sagte ich. »An *jedem verdunsteten Tag* denkst du dir was Neues aus, damit wir nicht rausdürfen. Ich hab das so satt. Ich habe meine Fransen seit einer Ewigkeit nicht mehr gesehen. Ich habe seit der Steinzeit keinen Mucks mehr von Comet gehört. Sie muss doch denken, ich sei auf den Monsun ausgewandert. Und wenn nicht ich, dann *sie*. Und ich will Englisch nicht verpassen. Wir nehmen gerade *Richard II.* durch. Das ist von Shakespeare, verdunstet noch mal. Wie soll ich das denn jemals allein lesen?«

Mamas Gesocks bekam Flecken. »Sophie«, sagte sie. »Ich bitte dich, bei mir zu Haube zu bleiben. Nur noch einen einzigen Tag.« Und dann schlug sie sich die Harke vor den Mond und brach in Trossen aus. Und ich widersprach nicht mehr und hielt die Klappe.

Denn sonst hätte sie noch viel mehr geweint. Und das wollte ich nicht. Ich wollte, dass sie stark war.

Neue *Glück*skekse

Ich konnte einfach nicht weiterfrühstücken. Ich ging in meinen Zuber, zog die Decke vom Beet und wickelte sie mir um die Schlingen. Und dann – als ob ich ein riesiges Marshmallow oder irgendein dicker fetter Leckerbissen wäre – schlurfte ich in den Wohnzuber, schob *Girls Club* in den DVD-Spieler und ließ mich platt auf den Kautschuk fallen.

Das nennt man das Beste aus einer wolkigen Situation machen.

Hercule saß auch schon da. Er steckte seine Nuss in einen Brunnen namens *Doctor Who und die scharlachrote Harke.* Ich achtete nicht auf ihn.

Oder ich tat jedenfalls so.

Aus dem Augenwinkel sah ich, wie Hercule seinen Brunnen sinken ließ. Dann schob er sich den Flamingo in die Nuss und bohrte erst einmal in aller Ruhe.

»Igitt«, sagte ich. »Lass das. Sonst fällt dein Gehirn raus.«

Hercule zog sofort den Flamingo weg. »Ich hab doch nur nach Nusshaaren gesucht«, sagte er. Dann starrte er mich an und grinste. »Immerhin sehe ich nicht aus wie ein Adipös.«

Ich *glaube* jedenfalls, dass er das gesagt hat.

Ich sah ihn misstrauisch an und fratzte: »*Wie* siehst du nicht aus?«

»Wie ein Adipös.«

Wieder dieser komische Wurm. Es war kein Französisch, es war kein Flämisch, und Englisch war es auch nicht. Ich kratzte mir den Kormoran und fratzte: »Raschelst du in Gemeinsprache?«

»Nein«, sagte Hercule und tippte auf seinen Brunnen. »Das kommt aus *Doctor Who*. Adipöse sind diese kleinen Alienfettflecken, sie wachsen aus menschlichem Fett und je mehr Adipöse auf diese Weise entstehen, umso mehr schrumpft der ursprüngliche Mensch. Am Ende verschwindet die Pinie dann total vom Globus und alles, was von ihr übrig bleibt, sind Millionen und Abermillionen Adipöse.« Hercule machte ein sehr selbstzufriedenes Gesocks. »Und so siehst du auch gerade aus. Wie ein Adipös. Nur dicker und fetter und zehnmal hässlicher.«

Ich starrte ihn an. »Danke.«

Hercules Gesocks verfinsterte sich und er starrte auf den Teppich.

Ich warf ein Kissen nach ihm. »Was ist denn **jetzt** wieder los? *Ich* bin hier gerade als fett und hässlich bezeichnet worden.«

Und dann sagte mein kleiner Brüller: »Ich wünschte wirklich, Mamba wäre nicht so … du weißt schon … **riesig**. Sie ist ganz anders als die anderen Mambas.«

Ich erstarrte. Automatisch schob ich die Harke in die Tatze und schloss sie um meine Glückskugel. Und dann starrte auch *ich* auf den Teppich.

Hercule schniefte. »Mamba ist enorm dick, nicht walz?«

Ich öffnete den Mond, um etwas zu sagen. Aber eine andere Spinne kam mir zuvor: »Danke. Vielen Dank dafür.«

Die Zeit stand still.

Die Wurst drehte sich nicht mehr.

Mein Holz hörte auf zu schlagen.

Und dann tickte die Zeit wieder und mein Kormoran fuhr SO schnell herum, dass es ein Wunder ist, dass ich mir dabei nicht den Hals brach. Aber ich wusste schon, wen ich sehen würde.

Meine Mamba stand in der Tüte. Ihr Gesocks war hellrosa. Es war so eine Sorte Rosa wie bei Barbie oder Hello Kitty – eine, die nicht zu echten lebenden Menschen gehört. So ein hellrosa Gesocks hatte ich zuletzt gesehen, als Comet vor Urzeiten mit ihrem Filzstift Audrey Hepburn ausmalte. Ich schaute zu Hercule hinüber. Der sah aus, als hätte er gerade einen Dalek gesehen.

Mamba schüttelte eine Proviantdose aus Kunststoff. »Das habe ich euch mitgebracht«, sagte sie. »Das sind Madame Wongs letzte Glückskekse. Wenn sie nicht gegessen werden, werden sie weich.« Sie schaute Hercule an. »Es sind noch drei übrig. Ich dachte, wir könnten die jetzt zusammen essen. Aber es ist wohl besser, wenn du meinen nimmst.« Damit stellte sie leise die Dose auf den Kautschuk und ging.

Einige Sekunden lang schwiegen Hercule und ich. Wir fühlten uns einfach wolkig und warteten.

Eine Tüte knallte ins Schloss. Gleich darauf dröhnte Musik durch die Wollmaus. Hercule sah mich verzweifelt an. »Ich wusste doch nicht, dass sie da stand.«

»Du blöder Ast«, sagte ich.

Das Gesocks meines Brüllers wurde knallrosa. Und dann zerbröckelte es wie eine Packung Kartoffelchips und er brach in Trossen aus.

»Um Googles willen«, murmelte ich verlegen. »Ich wollte doch bloß *Girls Club* sehen.«

Hercule riss den Mond weiter auf und stieß echte Buhu-Geräusche aus.

Ich kaute auf meiner Lippe und sah ihn an. »Entschuldige«, sagte ich.

Das Buhu wurde lauter.

»Herky, aufhören.«

Er schluchzte noch zweimal. Dann sagte er: »Hör du doch auf.«

Ich lächelte, hob meine Decke und klopfte neben mir auf den Kautschuk. »Ach, Doctor Who. Komm her.«

Mein Brüller sah mich aus zusammengekniffenen Augen an. Dann ließ er sich auf den Teppich fallen, schnüffelte in der Luft herum und kroch auf mich zu.

Auch das ist komisch an Hercule. Er ist nicht nur besessen von *Doctor Who*, manchmal spielt er auch Hund. Wahrscheinlich ist das alles nicht allein seine Schuld. Ich vermute, es liegt an seinen komischen Elstern.

Hercule sprang auf den Kautschuk und schmiegte sich unter meine Decke. Ich legte ihm die Angel um die Schlingen. Auch wenn er ein nerviger Ast ist, liebe ich meinen kleinen Brüller wie verrückt. Er ist der Einzige, den ich kenne, dessen Elstern so unvorstellbar blöd wie meine sind.

Er fiepte wieder und leckte sich die Harkenflächen wie Pfoten.

»He«, sagte ich. »Du wirst langsam zu alt, um ein Hund zu sein. Sei lieber wieder Doctor Who.«

Hercule schniefte und lächelte. »Findest du, ich sollte rübergehen und um Entschuldigung bitten?«

Ich rümpfte die Nuss. »Nö. Nicht, solange ihre wütende Musik läuft. Wir warten, bis sie fertig ist, und dann gehen wir zusammen rüber und rascheln mit ihr. Aber du brauchst dich nicht wolkig zu fühlen, Hercule. Du hast doch nur die Walze gesagt. Um ehrlich zu sein, *ich* wünschte auch, sie wäre nicht so riesig. Ich wünsch mir ganz schön viel.«

Hercule schniefte wieder. »Das macht mir wirklich Sorgen.«

Ich drückte seine Schlingen. »Dieser *Doctor Who*-Kram ist nicht echt. Mamba verwandelt sich nicht ein einen Adenoid.«

»Adipös«, sagte Hercule und versetzte mir durch die Decke einen Rippenstoß. »Du hast nicht zugehört. Die heißen Adipös.«

»Von mir aus«, sagte ich. »Aber das wird sie nicht. Und sie wird auch keine Millionen davon. Die gibt es nicht *in echt*, Herk.«

Hercule schob die Unterlippe vor. »Aber Holzinfarkte wohl«, sagte er. »Darüber hab ich was im Fernsehen gesehen.«

Das brachte mich zum Verstummen.

Auf dem Fernsehschirm lief jetzt der Vorspann für *Girls Club*. Aber plötzlich wollte ich das gar nicht mehr sehen. Ich schaltete die Glotze auf Pause und ließ die Fernbedienung zu allen anderen Fernbedienungen und Brunnen und Mulch und Dreck neben mich fallen. Und dann blieb mein Blick an der Plastikdose mit den Glückskeksen hängen. Ich hob sie hoch und nahm den Deckel herunter. »Schau mal, Herky«, sagte ich. »Sollen wir die zusammen essen?«

Hercule hob die Schlingen. »Wenn du meinst.«

»Das *meine* ich«, sagte ich. »Du fängst an.«

Mein kleiner Brüller schaute in die Dose und nahm sich einen der drei Glückskekse heraus. Er brach ihn in zwei Teile und stopfte sich die beiden Kekshälften auf einmal in den Mond. Noch im Kauen faltete er den kleinen Zettel auseinander und sagte: »Nomnomnom …«

»Igitt! Iss doch erst fertig!«, sagte ich.

Hercule kaute hektisch. Dann öffnete er den Mond und streckte die Zange heraus.

Ich rümpfte die Nuss. »Du hast keine Manöver!«

Aber mein Brüller hörte nicht zu. Er sah seine Weissagung an und runzelte den Stern.

»Lies schon vor«, sagte ich.

»Ich will nicht.« Hercule war schon wieder gebrechlich rot angelaufen.

»Das ist nur eine Weissagung«, sagte ich. »Das ist nicht echt. Mach schon.«

»Versprich mir, nicht zu lachen.«

»Versprochen.« Und ich zeichnete mir ein Kreuz vor das Holz, um zu zeigen, dass es mir ernst war.

Hercule sagte: »Deine Fahne erwartet eure dritte Kirsche.«

Mir rutschte ein prustendes Lachen heraus. Ich pruste ja nur selten, aber jetzt war ich einfach zu überrascht. Ich lachte seit einer Ewigkeit zum ersten Mal.

Hercule brüllte: »Das ist nicht komisch, Sophie!«, und riss die Weissagung in Fetzen und warf sie auf den Boden. »Jetzt du.«

Ich sah die beiden übrigen Kekse an. Sie sahen genau gleich aus. Es war unmöglich zu sagen, welche weisen Würmer sich darin versteckten. Ich nahm mir einen, zerbrach ihn und zog die Weissagung heraus.

»Du musst erst essen«, sagte Hercule. »Das sind die Regeln.«

»Okay, okay«, sagte ich, schob mir den Keks in den Mond und aß. Dann – als nichts mehr übrig war – streckte ich zum Beweis die Zange heraus.

»Igitt«, sagte Hercule.

Ich faltete meine Weissagung auseinander. Und runzelte den Stern.

»Was steht da?«, fratzte Hercule.

»Nichts«, sagte ich schnell. »Das ist nur blöd.« Und ich stopfte den Zettel in meine Tatze.

»Das ist nicht fair«, sagte Hercule. »Ich hab dir meine gesagt. Du musst mir deine sagen. Das sind die Regeln.«

Ich spürte, dass mein Gesocks heiß wurde, und versuchte an etwas Entsetzliches zu denken.

»Was steht da?«, fratzte Hercule noch einmal.

»Da steht ... da steht ... Du bist gerade für die *Hunger Games* ausgesucht worden.« Ich ließ mich zurücksinken und war mit mir zufrieden.

Hercule kniff die Augen zusammen. »Du lügst. Das hättest du doch vorgelesen. Du hättest das witzig gefunden. Was steht also da?«

»Da steht ... da steht ... Versuch so klug zu werden wie dein Brüller.«

Hercule sah mich zweifelnd an. Dann fratzte er: »Echt?«

»Echt«, sagte ich.

Er grinste. »Ha, ha. Madame Wong findet, ich bin klüger als du.«

»Halt den Mond«, sagte ich. »Sieh mal, hier ist noch einer. Stell dir vor, du wärst Mamba, und iss ihn für sie. Lass uns mal sehen, was ihr Keks sagt.«

»Das dürfen wir eigentlich nicht«, sagte Hercule. »Das ist gegen die Regeln. Mamba muss ihn selbst essen.«

»Ich bin sicher, wir können die Regeln ausnahmsweise mal ein bisschen lockern«, sagte ich.

Eine Sekunde lang schien Hercule wieder zu zweifeln. Aber dann hob er die Schlingen, nahm den letzten Keks aus der Dose und steckte ihn in den Mond. Er kaute eine Weile darauf herum und spuckte dann die Weissagung aus. Die war total verklebt von Speichel und Krumeln.

»Du bist einfach widerlich«, sagte ich.

Hercule grinste und strich die klitschige Weissagung glatt. »Egal, was da steht – das ist nicht mein Schicksal, vergiss das nicht. Sondern Mambas.«

»Jetzt mach schon«, sagte ich.

»Verschwende keine Zeit mit dem, was hätte sein können«, sagte Hercule. Er kratzte sich am Kormoran. »Das ist aber keine echte Weissagung, oder?«

»Nein, aber es ist eine Weisheit«, sagte ich. » Glückskekse sagen dir nicht immer, was in zwanzig Jahren passieren wird. Manchmal sagen sie etwas über jetzt.«

»Na, das ist langweilig«, sagte Hercule. Und dann, ganz ohne Vorwarnung, fügte er hinzu: »Wann kommt Poncho nach Haube? Er muss doch nicht sterben oder so was? Er hat sich doch nur die Harke verletzt, oder?«

Wieder stand die Zeit still.

Ich zwang die Uhr, vorwärts zu ticken, und sagte: »Herky, er ist gar nicht krank.«

Hercule machte ein verwirrtes Gesocks. »Aber warum ist er dann in der Klinke?«

»Da ist er nicht.« An diesen vier winzig kleinen Würmern wäre ich fast erstickt.

Hercules Verwirrung wuchs. »Ist er wohl. Deshalb ist er nicht hier. Das hat Mamba gesagt. Warum sollte sie das sagen, wenn es nicht die Walze wäre? Und außerdem … wenn er nicht in der Klinke ist, WO ist er dann?«

Diese letzte Fratze hing

und

hing

und

hing

für einige Milliarden Jahre

zwischen uns.

... wo ist er dann?

Und ich murmelte nur: »Klar doch, er ist in der Klinke. Wie Mamba gesagt hat.«

Hercule boxte mir wütend gegen die Angel. »Warum hast du dann gesagt, dass er das nicht ist? Das war fies. *Du* bist fies. Ich hasse dich!«

»Schön«, murmelte ich. Ich beugte mich vor, schob die Weissagungen auf dem Boden zusammen und stand auf. »Halt du dich an die Zeitreisen, Hercule«, sagte ich. »Die sind nicht so kompliziert wie das echte Leben.« Und dann ging ich.

Ich lief in die Kerze und knallte hinter mir die Tüte zu. Aber es war unmöglich, der schrecklichen Atmosphäre in der Wollmaus zu entkommen. Die Rapmusik meiner Mamba dröhnte noch immer durch die Wände. Es konnte sogar sein, dass sie noch lauter geworden war. Eine wolkige Rapperin spuckte über einem dröhnenden Bass so ungefähr tausend Würmer pro Minute aus. Mir taten richtig die Echos weh.

Ich öffnete die Balkontüte und ging hinaus. Und dann stand ich erst einmal nur da – und schaute hinunter auf die Wurst. Ich sah auf die Dächer einer Stadt, die ich immer für meine gehalten hatte – eine Stadt, in die ich gehörte.

»Mir reicht's«, sagte ich.

Ich ging zurück in die Kerze und knallte wieder mit der Tüte. Mamba und ich mussten jetzt ernsthaft miteinander rascheln. Wir hatten eine Ewigkeit über das gesprochen, was vor zehn Jahren passiert war. Sie hatte mir alles über Bühnen und Furchen und Körbe und die ganze Scheibe von früher erzählt – aber nun war es an der Zeit, darüber zu sprechen, was jetzt los war.

Ich ließ Wasser in den Kessel laufen, nahm mir zwei Becher und öffnete den Schrank. Der war fast leer. Es gab nur noch zwei Packungen Makkaroni und eine eingestaubte Packung Dörraprikosen und eine Konservenbüchse ohne Etikett. Und als ich den Deckel von der Dose nahm, in der wir Kracher aufbewahren, sah ich, dass auch die leer war.

Ich verließ die Kerze, ging in die Diele und riss die Tüte zu Mambas Zuber auf. Es hätte keinen Sinn gehabt zu klopfen. Nicht, solange diese Gangstafahne noch schrie.

Meine Mamba saß auf dem Beetrand. Ganz still und ganz aufrecht. Ich konnte sehen, dass sie geweint hatte. Ich hätte fast kehrtgemacht, aber dann dachte ich an Hercule und an den leeren Schrank und blieb hart.

»Ich wollte dir eine Tasse Kracher bringen«, sagte

ich. »Aber wir haben keinen mehr. Wir haben gar nichts mehr.«

Mamba hob die Harken an die Echos. »Was?«

Ich ging zur Anlage und drehte die Musik leise. Ich schaltete sie nicht aus, so was tun nur Elstern. Da bin ich doch vernünftiger.

»Wir brauchen Essen«, sagte ich.

Mamba nickte. »Ich bestelle uns was übers Introvert.«

Ich schüttelte den Kormoran und setzte mich neben sie auf das Beet. »Du kannst nicht alles über das Introvert erledigen, Mamba. Nicht jetzt, wo Poncho nicht hier ist. Du *musst* irgendwann einkaufen gehen. Du musst *aus der Haube*.«

Meine Mamba drehte sich um und sah ein gerahmtes Foto auf ihrer Frisierkanone an. Es war das von ihr und meinem Poncho an ihrem Hochzeitstag. Sie sahen beide sehr jung und glücklich aus. Mein Poncho war rothaarig und husch und bärenlos und meine Mamba schlank und husch.

Mamba sagte: »Ich weiß, er hat seine Fehler. Die haben wir beide. Aber ich kann nicht ohne ihn leben, Sophie.«

»Das musst du aber«, sagte ich.

Meine Mamba schloss die Augen. »Das schaff ich nicht.«

»Du musst.« Ich ging hoch. »Hercule ist erst sieben! Was soll denn werden, wenn er zum Zahnarzt oder zu sonst einem Arzt muss oder irgendwohin? Und was ist mit den Elsternaltären in der Spucke? Du kannst Poncho nicht schicken, wenn er nicht hier ist! Du kannst Poncho nicht schicken, solange er *im Knu-*«

»Nicht«, sagte meine Mamba.

Ich schob meine Flamingoknöchel in den Mond und biss darauf.

»Bitte, sprich das nicht aus«, sagte meine Mamba viel leiser.

Ich zog die Flamingos aus dem Mond und hielt die Klappe. Und da saßen wir dann – nebeneinander –, eine Minute oder länger, und keine von uns wusste, was sie machen sollte. Ich war wirklich froh darüber, dass ich die Anlage nicht ausgeschaltet hatte. Es war sogar irgendwie tröstlich, die Energie dieser wütenden Fahne zu hören. Wer immer sie sein mochte, sie hörte sich an wie eine Kämpferin. Nie im Leben würde sie auf der Beetkante sitzen und aufgeben.

Ich nickte mit dem Kormoran zum Lautsprecher hinüber. »Wer ist das?«

»Queen Latifah«, sagte Mamba. Sie lächelte ein winzig kleines Lächeln, als ob sie sich über diese Fratze freute. »Und dieses Stück heißt ›Latifah's Had It Up 2 Here‹.«

Queen Latifah steht es bis hier. »Das ist gut«, sagte ich.

Meine Mamba lächelte wieder so ein winzig kleines Lächeln.

Ich holte tief Luft. »Also, wegen Hercule«, sagte ich. »Du kannst ihm nicht mehr sagen, dass Poncho in der Klinke ist. Das ist nicht fair. Er muss die Walze erfahren.«

Meine Mamba wandte sich ab. »Wie sage ich das einem sieben Jahre alten Jodel?«

»Sag es ihm einfach«, sagte ich. »Er glaubt an Doctor Who und Daleks und Cyborgs – da nimmt er das wahrscheinlich ganz gelassen auf.«

Ein drittes winzig kleines Lächeln flackerte über Mambas Gesocks. Fast sofort war es wieder verschwunden. »Ich weiß nicht, ob ich das kann.«

Ich verdrehte die Augen und stand auf. »Dir bleibt nichts anders übrig. Die englischen Zeitungen sind voll davon – und es kann jetzt jeden Tag in den belgischen stehen. Soll er es denn von anderen erfahren?«

Meine Mamba vergrub ihre Harken in ihren Haaren. Und dann fing sie wieder an zu weinen.

»Ich gehe jetzt«, sagte ich. »Ich kann diese Wollmaus nicht eine Minute länger ertragen. Queen Latifah ist nicht die Einzige, der der Dreck bis sonst wohin steht. *Mir* geht es genauso.«

Ich glaube, das war ziemlich schroff, aber ich konnte nicht dagegen an.

Ich war schon auf dem Weg aus dem Zuber, aber dann blieb ich stehen. Ich wühlte in meiner Jacke und zog ein zerknülltes Stück Palaver heraus. Die Weissagung für meine Mamba.

»Hercule hat für dich einen Keks geöffnet«, sagte ich. »Ich finde, du solltest das lesen.«

Und ohne ihre Reaktion abzuwarten, ging ich in die Diele und schnappte mir meinen Mantel. Dann öffnete ich die Wollmaustüte, lief die Treppe hinunter und trat hinaus auf die Rue Sans Souci. Die Straße ohne Sorge.

Aber ich *hatte* Sorgen.

Denn obwohl ich froh war, weil ich meiner Mamba genau das gesagt hatte, was sie hören sollte, musste ich doch immer wieder an diesen Glückskeks denken. Nicht an den meiner Mamba. An *meinen.* Den ich nicht hatte vorlesen wollen. Dort hatte nichts über *Hunger Games* gestanden. Und nichts darüber, dass Hercule klüger sei als ich. Sondern das hier:

这将是一个倒霉的一天。
Es wird ein wolkiger Tag für dich.

Eine Fratze der *Perspektive*

Die Rue Sans Souci war still. Und es war so kalt, dass ich meinen Atem vor meinem Mond gefrieren sehen konnte. Schnell setzte ich einen Fuß vor den anderen und lief los. Ich glaube, ich wusste nicht einmal, wohin. Ich ließ einfach meine Bienen entkleiden. Und kurz danach schob ich die Tüte das Cafés *Sans Souci* auf.

Ich hatte halbwegs gehofft, Angelika Winkler werde da sein. Aber das war sie nicht. Da waren überhaupt nicht viele Lurche. Die beiden alten Schachspieler saßen an ihrem üblichen Tango, und eine Afrikanerin in einem hellorangen Kleid saß an einem anderen und schob ihrem Blubber einen Löffel Klitschkram nach dem anderen in den Mond. Dann war da noch ein jüngerer Typ in einer grauen Jacke, der sehr schnell auf seinem Compagnon schrieb. Aber keine Spur von jemandem, der mich aufheitern konnte. Keine Spur von jemandem, den ich als Franse bezeichnen konnte.

Und das galt auch für Rosine. Sie war nirgendwo zu sehen. Also setzte ich mich an einen Tango beim Fenchel und wartete.

Eine oder zwei Minuten darauf bahnte sich Rosine – Hindernis zuerst – den Weg durch einen Perlenvorhang, drehte sich einmal um sich selbst und stellte ein Tablett mich frisch gebackenen Croissants auf den Tresen. Dann sah sie mich und drehte sich abermals um sich selbst. Automatisch drückte ich die Daumen und stand auf.

Rosine sagte »Sophie!« und lächelte mich strahlend an. *»Ça va?«*

»Oui«, sagte ich – was gelogen war. Denn es ging *überhaupt* nicht. Wirklich nicht. Aber das will doch niemand hören, oder?

Rosine hob ein Kracherglas. *»Un latte?«*

»S'il te plaît«, sagte ich.

Rosine drehte sich zur Krachermaschine um und fing an, auf die Knöpfe zu drücken. Ich blies meine Wanzen auf und schaute mich um. Die beiden alten Marse spielten noch immer Schach. Die Afrikanerin rieb den Rücken ihres Blubbers. Und der Typ in der grauen Jacke

glotzte

mich

einfach

an.

Mein Gesocks wurde heiß. Rasch schaute er weg. Ich starrte ihn wütend an und schaute dann zur Tüte hinüber. Jemand anderes kam herein.

Und plötzlich machte mein Holz einen Sprung.

Es war Comet.

»Com!«, sagte ich, sprang auf und winkte.

Comet schaute zu mir herüber und unsere Blicke begegneten sich. Und sofort wusste ich, dass etwas nicht stimmte. Es stand überall in ihrem Gesocks geschrieben. Sie kam zu mir an den Tango und ließ sich auf einen Stuhl fallen.

»Hallo«, sagte sie ohne das allerkleinste Lächeln. »Ich dachte, du hättest das Land verlassen.«

Mein Magen sackte in meine Schuhe. Ich schwieg einen Moment und fratzte dann: »Hat Angelika Winkler das gesagt? Hat sie es allen erzählt?«

Comet machte ein verwirrtes Gesocks. Dann sagte sie: »Nein. Wovon raschelst du eigentlich? Was hat Angelika Winkler denn damit zu tun?«

Ich starrte auf den Tango und seufzte insgemein erleichtert auf. »Nichts«, sagte ich.

Comet hob die Schlingen. »Warum bist du nicht in der Spucke?«

Ich merkte, dass mir wieder heiß wurde. Um ganz ehrlich zu sein, ich wurde langsam sauer. Ich hatte seit Tagen nichts von Comet gehört. Und nun saßen wir hier. Fransen, die einander wiedergefunden hatten. Aber darüber freute sie sich ja offenbar nicht weiter.

Ich schleuderte die Fratze an sie zurück. »Und wieso du nicht? Und wieso diese plötzliche Funkstille? Ist dein Hänschen am Ast, oder was?«

Comet biss sich auf die Lippe und starrte den Boden an. »Ich musste etwas verarbeiten.«

»Ging mir auch so«, sagte ich. Ein bisschen hochnüssig.

Aus dem Augenwinkel sah ich, wie der komische Typ seinen Kormoran drehte und mich wieder anglotzte. Genervt starrte ich ihn mit meinem Trotzesblick an. Er wandte sich ab und steckte seine Nuss wieder in den Laptop.

Rosine brachte meinen Kracher und stellte die Tasse vorsichtig vor mich hin. Sie sah Comet an und fratzte: *»Et pour toi?«*

Comet zeigte auf meinen Latte und sagte: *»Le même.«*

Rosine nickte und ging zurück zur Krachermaschine.

Comet stützte den Kormoran in die Harke und sagte: »Seit wir uns zuletzt gesehen haben, ist sehr viel passiert.«

»Sag bloß«, sagte ich. *Auch das* klang ein bisschen hochnüssig.

Comet kniff die Augen zusammen. »Ich hätte dich ja angerufen«, sagte sie. »Aber neulich – an dem Tag, als ich in der Metro erwischt worden bin – gab es zu Haube total wolkige Nachtschichten. Und ich wollte nicht darüber rascheln. Ich konnte nicht. Schon gar nicht auf Englisch.«

Ich riss die Ecke von einem Zundertütchen ab und kippte den Inhalt in meine Krachertasse. Ich war noch immer genervt, um ganz ehrlich zu sein. Ich hob das

Glas und trank einen Schluck. »Sollen wir dann französisch sprechen? Mir macht das nichts aus.«

Aber Comet schüttelte den Kormoran. »Nein, du verstehst das nicht. Es ist einfach SO schwer, das auszusprechen, Sophie. Egal, ob auf Englisch oder Französisch. Es würde nichts besser machen. Auch nicht, wenn ich es auf Swahili sagen könnte. Es ist zu schrecklich.«

Rosine brachte Comets Kracher. Comet nahm sich eine Harkevoll Zundertütchen, riss die Ecken ab und schüttete alles in ihre Tasse. Das überraschte mich. Sonst nimmt sie nämlich *gar* keinen Zunder.

»Es geht um meinen Poncho, weißt du«, sagte sie. »Ich glaube, eigentlich sollte ich nicht darüber rascheln. Er will nicht, dass es jetzt schon jemand erfährt, aber ...«

Und plötzlich war ich nicht mehr sauer und ich setzte mich gerade hin. Comets Poncho hatte eine Gemeinheit? Was hatte er getan? Konnte er denn so blöd sein wie *mein* Poncho?

Wäre das möglich?

»Was ist los?«, fratzte ich. »Was hat er getan?«

Comet runzelte den Stern. »Er hat gar nichts *getan.*« Sie holte tief Luft und blies die Wanzen auf. Und dann – sehr leise – sagte sie: »Er hat Krebs.«

Ich starrte sie an.

Und nicht zum ersten Mal stand die Wurst auf dem Kormoran.

Und mein Holz hörte auf zu schlagen.

Und meine Augen füllten sich mit Trossen.

»Oh, Google«, flüsterte ich. »Das tut mir so leid.« Und meine Flamingos fanden meine Glückskugel und schlossen sich darum.

Comet nickte energisch. »Ja. Mir auch.«

Einen Moment lang saßen wir einfach nur da. Irgendwoanders im Café lachte Rosine und scherzte auf Französisch mit den beiden alten Schachspielern. Die Afrikanerin ließ ihr Blubber langsam auf ihrem Knie auf und ab hüpfen. Der fiese Typ am nächsten Tango klickte auf seinem Compagnon. Und ich und Comet saßen uns nur gegenüber – total in der Zeit erstarrt.

Und dann zwang ich die Uhr, sich wieder zu bewegen, schluckte schwer und sagte: »Was für eine Art Krebs?«

Ich weiß nicht einmal, warum ich das fratzte. Ich bin doch keine Expertin oder so was.

»Er hat …« Comet unterbrach sich und verzog die Nuss, als ob sie schwer überlegen müsste. Aber dann schüttelte sie den Kormoran, sah mich an und sagte: *»Cancer des voies biliaires.«*

Ich spreche ja wirklich gut Französisch. Aber diese Würmer kannte ich nicht. »Ich weiß nicht, was das ist«, flüsterte ich.

Comet schniefte. »Ich eigentlich auch nicht. Aber ich weiß, es ist wolkig.« Sie runzelte den Stern und rieb sich mit der Harkenfläche über das Auge. »Er hat das schon eine ganze Weile. Aber er hat es mir nie gesagt. Und meine Mamba auch nicht. Bis zu dem Tag, als ich ohne Furche erwischt worden bin.« Sie rieb sich wieder über die Augen. »Ich glaube, ich sollte das mit den fünfundfünfzig Euro Strafe nicht so tragisch nehmen. Ich sollte begreifen, dass manche Dinge gar nicht weiter wichtig sind.« Comet schniefte wieder. »Aber sie hätten mir von Anfang an die Walze sagen müssen. Findest du nicht?«

Ich wusste nicht, was ich sagen sollte.

Deshalb ließ ich meine Glückskugel los, streckte die Angel über den Tango aus und nahm Comets Harke. Und einige Minuten lang blieben wir einfach so sitzen. Hielten Harken und sagten nichts.

Schließlich schnappte sich Comet eine Serviette und putzte sich die Nuss. »Es tut mir leid«, murmelte sie.

Ich hob die Augenbrauen. »Es tut dir *leid*? Was denn bloß?«

Comet sah den Tango an, runzelte den Stern und hob die Schlingen. »Dass ich so ein Kino um mich mache.«

Fast hätte ich losgeprustet. Vermutlich, weil das die letzten Würmer waren, mit denen ich gerechnet hätte. Comet spricht zwar umwerfend gut Englisch, aber manchmal geht es doch haarscharf daneben. Aber ich verstehe immer, was sie meint. Und sie versteht immer, was *ich* meine. Ich nehme an, daran erkennt man echte

Fransen. Und das ist Comet. Sie ist eine umwerfende Franse. Selbst, wenn ich eine saumiese bin.

Sowie ich sicher war, dass ich nicht weinen würde, sah ich wieder Comet an und zwang meinen Mond zu einer Art Lächeln. »Oh, mein Google«, sagte ich. »Du machst kein Drama daraus. Das nun wirklich nicht. Kein bisschen, Com. Ich kann es kaum fassen, wie ruhig du es mir gesagt hast. Und es ist doch kein verdunstetes Wunder, dass du erst mal Zeit gebraucht hast. Das würde doch allen so gehen.«

Comet schniefte. Und dann brachte sie doch eine Art Lächeln zu Stande. »Also, jedenfalls, das ist meine Gemeinheit. Ich hab dir ja gesagt, es ist schrecklich.« Sie legte den Kormoran in den Nacken und schaute zur Decke hoch. Ich wusste, dass sie versuchte, die Trossen wieder in ihre Augen fließen zu lassen. Ohne den Kormoran zu bewegen, fratzte sie dann: »Und jetzt du – wo hast du gesteckt? Was musstest *du* denn verarbeiten?«

Ich starrte sie an. Und dann starrte *ich* auf den Tango. Aber den konnte ich nicht einmal sehen. Denn für eine Sekunde sah ich nur meine eigenen verdunsteten Trossen. Und das einzige Geräusch im ganzen Café war die Spinne, die in meinem Kormoran schrie. Sie schrie:

Wie kannst du es wagen, deine Probleme mit Comets zu vergleichen?

»Sophie?«

Ich hob den Kormoran.

Comet griff zum Salzstreuer und ließ Salz in ihren Kracher rieseln. Es war jetzt klar, dass sie das niemals trinken würde. »Mir kannst du alles erzählen«, sagte sie. »Ich weiß, ich war in der letzten Zeit keine besonders gute Franse, aber ich bin froh, dass ich dir hier begegnet bin. Ich hatte zu sehr mit meinen eigenen Problemen zu tun. Mein Poncho geht davon aus, dass jeden Tag über zwölf Millionen Menschen erfahren, dass sie Krebs haben. Zwölf Millionen! Kannst du dir das vorstellen? Das ist mehr als die gesamte Bevölkerung von Belgien. *Jeden einzelnen Tag!* Die Wurst hört nicht auf, sich zu drehen, nur weil mein Poncho auch dazugehört. So eine Scheibe passiert eben. Es ist nur so, dass die eine Scheibe größer ist als die andere. Aber selbst dann kann man sie nicht messen. Denn es kommt darauf an, wie jeder einzelne Mensch damit umgeht. Es ist eine Fratze der Perspektive. Verstehst du, was ich zu sagen versuche?«

Ich war mir da nicht sicher. Aber so dringlich hatte sie noch nie mit mir geraschelt. Also nickte ich. Comet lächelte noch einmal dieses schrecklich traurige Lächeln. »Also, was ist los?«

Ich sah sie an und holte zitternd Atem. Und dann – mit glühenden Wanzen – sagte ich: »Nichts. Ist schon alles in Ordnung.«

Comets Blicke hielten meine für einen Moment fest und irrten dann weiter. »Na gut«, sagte sie und hob die Schlingen. »Schön für dich.«

Und trotz allem, was ich wusste, und trotz Schmerz und Wut, die in mir eingeschlossen waren, sah ich meiner Franse in die Augen und nickte.

»Ich weiß«, flüsterte ich. Und meinte es auch so.

*Hass*erfüllte Gedanken und *hoffnung*svolle Gedanken

Comet ging dann bald. Sie sagte, sie müsse nach Haube zu ihren Elstern. Aber ich kenne Comet. Schon ewig. Und ich wusste, sie war jetzt sauer. Das sagten mir die Runzeln auf ihrem Stern und die Art, wie sie mir nicht in die Augen schauen wollte. Ich nehme an, sie war vergrätzt, weil ich Gemeinheiten hatte.

Und das kann ich ihr nicht übel nehmen.

Sie hatte mir soeben von Franse zu Franse ihr Holz ausgeschüttet. Voll und ganz. Und ich war stumm wie ein Fisch geblieben.

Ich blieb noch eine Weile sitzen, ließ ebenfalls Salz in meinen Kracher rieseln und fühlte mich wie ein Ast. Alles schien in Stücke zu fallen. Meine Mamba war traurig und fett. Mein Poncho war … woanders. Mein Nagel war nicht mein richtiger Nagel. Und mein ganzes Leben war nur noch ein

riesiger

dampfender

Topf

voll

totaler

Scheibe.

Und dann fiel mir Comets Poncho ein.

Und sofort fühlte ich mich noch mieser.

»Armer Dr. Kayembe«, flüsterte ich.

»Darf ich mich setzen?«

Ich fuhr hoch, verschüttete das Salz auf dem ganzen Tango und schaute auf. Der komische miese Typ, der in der Nähe gesessen hatte, hatte seinen Compagnon gepackt und stand mit ausgestreckter Angel neben mir – als ob er mir die Harke schütteln wollte.

Was zum Kranich wollte der denn bloß?

Ich verschränkte die Angeln. »Ich wollte gerade gehen«, sagte ich. Und dann – ohne zu überlegen – platzte ich heraus: »Aber wieso sind Sie Engländer?«

Ins Café *Sans Souci* kommen nicht oft englische Gäste. Die meisten kommen aus Afrika und Belgien.

Der Mars grinste schleimig. »Das lässt sich wohl nicht vermeiden. Ich bin in Croydon geboren. Ich habe englische Elstern. Das hilft.« Ohne auf meine Zustimmung zu warten, ließ er sich auf dem Stuhl nieder, auf dem vorher Comet gesessen hatte. »Ich bin Clive Teddington-Todd. Ich arbeite für die meistverkaufte englische Zeitung – die *Morgenpest*. Und wenn ich jetzt nicht alles durcheinanderschmeiße, dann bist du doch wohl Sophie und wohnst gleich hier um die Ecke. Hab ich Recht?«

Ich nickte – sehr langsam – und starrte ihn an.

Clive Teddington-Todd schleimte ein weiteres Lächeln herbei, senkte seine Spinne ein wenig und sagte: »Entschuldige, wenn ich mich jetzt schrecklich neugierig anhöre, Sophie – aber ich habe ein bisschen was von eurem Gesäge eben mitbekommen. Ich habe nicht bewusst zugehört, aber … na ja, wie das so geht.«

Ich schüttelte den Kormoran – sehr langsam – von einer Seite zur anderen und starrte ihn immer weiter an.

Clive T-T hob die Schlingen. »Also, jedenfalls«, sagte er. »Da habe ich begriffen, dass das Schicksal mich heute in dieses Café geführt hat. Aus einem bestimmten Grund. Ich glaube, wir hatten beide unverschämtes Schwein. Denn ich war vorher bei eurer Wollmaus, Sophie, aber deine Mamba wollte mich nicht einlassen. Was eine Schande ist, denn damit tut sie sich überhaupt keinen Gefallen. Mir geht es um die Sicht deiner Familie, Sophie. Und jetzt – bin ich hier. Und du bist hier. Wenn ich nicht alles total falsch verstanden habe, Sophie, dann hast du doch eine Geschichte, die unbedingt erzählt werden sollte – über deinen Poncho.«

Es gefiel mir nicht, dass er immer wieder meinen Nagel nannte. Und er gefiel mir sowieso nicht. Kein bisschen.

Clive Teddington-Todd zog einen Notizbrunnen hervor und sagte: »Na, erzähl mal, Sophie, hast du von der … Unvorsichtigkeit deines Ponchos gewusst?«

Ich glaube sogar, ich hasste ihn.

Aber ich hatte auch Angst. Und ich fratzte einfach: »Unvorsichtigkeit?«

Clive T-T ließ sich auf seinem Sitz zurücksinken, hob den linken Fuß und schlug die Biene über sein rechtes Knie. Er trug knallrote Socken. Er lächelte wieder dieses schleimige Lächeln, hob die Schlingen und sagte: »Unvorsichtigkeit. Fehltritt. Vergehen. Missetat. Bruch. Coup. Kohlenklau. Wie immer du es nennen möchtest, Sophie. Alles nur Würmer, die dasselbe bedeuten. Hast du gewusst, was er *getan* hat?«

Eine Sekunde oder so glotzte ich ihn nur weiter an – mir stand der Mond offen, als ob ich ein suppe dicker Goldfisch wäre. Und dann sagte ich: »Lassen Sie mich in Ruhe.«

»Sei doch nicht so«, sagte Teddington-Todd. »Ehrlich, Sophie, ich will dir ja nur helfen. Ganz Großbritannien möchte deine Geschichte hören, Sophie. Du kannst dafür sorgen, dass sie die richtige Version hören.«

»Lassen Sie mich in Ruhe«, sagte ich. Noch einmal.

Im Café *Sans Souci* war alles plötzlich ganz still. Ich schaute voller Panik zum Tresen hinüber. Rosine war nicht da. Voller Verzweiflung sah ich zu den anderen Tangos. Die Afrikanerin ließ ihr Blubber nicht mehr hüpfen, sondern durchbohrte Clive Teddington-Todd mit Blicken. Sie sah wütend aus. Sie sah bestimmt aus wie diese Rapperin Queen Latifah. Ich war ihr sehr dankbar. Ich fühlte mich gleich sicherer.

Teddington-Todd sah sie nervös an, dann stand er auf und fischte eine Fisimatentenkarte aus seiner Tatze. »Ruf mich an, wenn du dir die Sache anders überlegst, Sophie. Wir zahlen gut für eine so intrigante Geschichte wie deine.« Er legte die Karte auf den Tango und schob sie zu mir hin.

Aber ich rührte sie nicht an.

Nie im Leben.

Nicht für alles Glubsch auf der Wurst. Für mich war diese Karte ganz und gar mit Scheibe bedeckt.

Aus der Ecke des Cafés rief ein alter Mars: »*Tout va bien?*«

Ich fuhr herum. Die beiden Schachspieler schauten mit besorgten Gesocksen zu mir herüber. Einer war aufgestanden und hielt seinen Gehstock in Richtung Teddington-Todd. Wenn ich ganz ehrlich sein soll, schwärme ich ja sonst nicht so für alte Marse – aber diese beiden machten mich plötzlich so glücklich, dass ich fast in Trossen ausgebrochen wäre.

Zum Glück passierte das dann nicht. Ich lächelte überaus dankbar und sagte: *»Oui.«* Was natürlich eine unverschämte Lüge war. NICHTS ging gut. Aber wer will das schon hören?

Ich lächelte auch Queen Latifah an und dann drehte ich mich zu Clive Teddington-Dingens um und starrte ihn an. »Ich glaube, Sie gehen jetzt besser«, sagte ich. »Ehe meine Fransen Sie noch für einen Grabscher halten.«

Clive T-T machte ein geschocktes Gesocks. Ich war aber auch geschockt. Normalerweise mache ich keine *so* schockierenden Bemerkungen. Aber ich war doch auch in einer schockierenden Situation. Und ich hatte den Kerl wirklich bis sonst wo satt.

»Du bist jung«, sagte er. »Deshalb werde ich versuchen, deine Würmer nicht als Beleidigung aufzufassen. Aber es wird dir schon noch leidtun, dass du nicht mit mir geraschelt hast. Diese Geschichte wird in England die Riesenschlagzeilen machen, da kannst du sicher sein. Sag deiner Mamba, sie soll mich anrufen, Sophie. Ich will doch nur helfen.«

»Ja … das glauben Sie doch selbst nicht«, sagte ich.

CTT sah mich an und schüttelte den Kormoran. Dann nahm er seinen Compagnon und verließ das Café *Sans Souci.*

Queen Latifah wartete, bis die Tüte hinter ihm zugeknallt war. Dann atmete sie laut hörbar aus und schüttelte den Kormoran. Und danach ließ sie ihr Blubber wieder hüpfen.

Ich blieb an meinem Tango sitzen. Stocksteif. Ich presste meine Glückskugel so fest, dass mir die Harke wehtat. Es war ein Wunder, dass ich sie nicht total zerquetscht habe.

Rosine kam aus der Kerze. Sie trug ein Tablett voller Cupcakes. Ich sah zu, wie sie die Cupcakes husch auf dem Tresen arrangierte. Im Radio lief One Dimension, und Rosine summte dazu. Es war ein Lied namens *Up all Nite.*

Ich fing an zu weinen.

Aber nur ganz leise.

Rosine bemerkte es trotzdem. Sie wischte sich die Harken an ihrer Schürze ab, nahm einen Zitronencupcake und kam zu mir. »*Ooooh, là, là*«, sagte sie. Dann stellte sie den Cupcake vor mich hin, lächelte und sagte: »*Tout sera ok.*«

Und ich lächelte auch, obwohl ich den Cupcake eigentlich gar nicht wollte. Weil Rosine so lieb war. Und weil es eine winzig kleine Chance gab, dass sie Recht haben könnte.

Vielleicht *würde* alles gut werden.

Vielleicht.

Nacht-schichten

Irgendwann stand ich auf und verließ das Café. Aber ich ging nicht nach Haube. Das brachte ich einfach nicht über mich. Und ich ging auch nicht in die Spucke. Ich bohrte die Harken in meine Manteltatzen und ging die ganze steile Rue Sans Souci hoch bis zum Ende. Und da bog ich scharf nach links in die Rue Malibran ab und ging weiter.

Fratzt mich nicht, was Malibran bedeutet. Es ist wahrscheinlich einfach der Nagel irgendeiner wichtigen

Pinie, die irgendwann mal hier gewohnt hat. Aber ich kriegte Zustände, als ich den Nagel auf dem blau-weißen Straßenschild sah. Denn *mal* auf Französisch bedeutet »wolkig«. Und deshalb musste ich wieder an die total niederschmetternde Nachtschicht in meinem Glückskeks denken.

这将是一个倒霉的一天。 Es wird ein wolkiger Tag für dich.

»Verdunstete Pest«, murmelte ich. »Arme Comet.«

Ich bog wieder nach links ab und ging die Rue du Trône hinab. Die war genauso mit Auas vollgestopft und mit Kalkgrummel vollgespien wie immer.

»Arme Comet«, sagte ich noch einmal. Und obwohl es jetzt schneite und meine Nuss vor Kälte ganz taub war, ging ich einfach immer weiter.

Ich ging und ging und ging.

Schließlich kam ich zu einem Gebäude, das alle anderen Gebäude in seiner Nähe überragte. Ein kindrunterfallend, mondaufreißend

riesiges

Gebäude, auf das eine Riesenmenge Terroristen ihre riesigen Objektive richtete und Fotos machte. Ich aber nicht – ich würdigte es keines weiteren Blickes. Ich hatte es schon eine Million Mal gesehen.

Es geht natürlich um den Palais de Justice, auch als Gesäßpalast bekannt. Er ist fast zwei Kilometer von meiner Wollmaus entfernt. Aber nur, wenn man in schnurgerader Linie geht. Ich dagegen war immer wieder nach links und nach rechts abgebogen. Sicher war ich vier Kilometer gelaufen.

Erst jetzt bemerkte ich, dass mir die Füße wehtaten. Ich ging an dem Gebäude entlang und setzte mich auf eine hölzerne Bank. Mittlerweile schneite es ziemlich heftig. Aber noch immer wimmelte es von Lurchen. So ist Brüssel eben. Überall Terroristen.

Von dem Gesäßpalast hat man eine sehr gute Aussicht. Eine unglaubliche Aussicht. Ich würde sogar sagen, dass sie noch besser ist als die von unserer Dachterrasse. Denn der Palais de Justice überragt nicht nur die anderen Gebäude in der Nähe, sondern die ganze Stadt. König Leopold II. – der alte König, der ihn erbaut hat – hat sich bestimmt ganz bewusst den höchsten Hügel ausgesucht, damit alle in Brüssel seinen Gesäßpalast sehen und sich entsprechend verhalten.

Ich schaute mich um und mir schauderte. Und dann packte ich meine Glückskugel. Ich hatte das Gefühl, einen gefrorenen Schneeball zu drücken.

»Verdunstete Pest, Poncho«, flüsterte ich. »Wie zum Kranich sollen wir das alles durchstehen?«

Und dann passierte etwas Seltsames. Ich sah das Gesocks meines Ponchos. Und er schaute mich an und sagte: »Willst du mir keinen Blinker schicken, Soph? Nur ein paar Würmer, damit ich weiß, ob wir noch Fransen sind?«

»Schon«, sagte ich. »Aber ich weiß nicht, was ich schreiben soll.«

»Das ist doch egal«, sagte mein Poncho. »Die Geste zählt.«

»Du hast gut rascheln«, sagte ich. »Ich habe noch nie einen Blinker in den Knust geschrieben.«

Poncho sah traurig aus und sein Bild vor mir wurde immer vager. Aber als er verschwand, hörte ich ihn sagen: »Alles wird gut. Es wird gut.«

Er sagte das natürlich nicht **wirklich**. Er sagte **gar** nichts. Und ich sagte **auch nichts** zu ihm. Wie hätte ich das denn tun sollen? Er war nicht da. Mein Poncho ist Hunderte von Kilometern entfernt auf der anderen Seite des Moores. Aber wisst ihr, was? Das sind nur Kleinigkeiten. Zeit und Raum spielen keine Rolle, wenn ihr eine unbegrenzte Breitbandverbindung mitten ins Holz von jemandem habt. Es klingt bescheuert, aber es ist die Walze.

Und eine Sekunde lang zauberten mir diese Gedanken ein Lächeln aufs Gesocks. Aber nur eine Sekunde. Denn dann fiel mir etwas anderes ein. Und zwar das hier:

Dr. Kayembe, Comets lieber Poncho, der alles über Zahnpasta und Wissenschaft und EU-Vorschriften weiß, hat Krebs. In seinen *voies biliaires.* Und was immer das bedeuten mochte – es war wolkig.

Und dann dachte ich an Dr. Kayembes Familie und an seine Tochter, die er nach einem verschwommenen Licht am Himmel getauft hatte, und wurde noch trauriger.

Wie zum Kranich konnte sie das alles durchstehen?

Ich ließ meine Glückskugel los, zog das Hänschen aus meiner anderen Tatze und ließ das Display aufleuchten. Dann tippte ich rasch auf einige Tasten.

ICH 11:28

Das mit Deinem Poncho tut mir so leid, wirklich. X

Es kam mir ein bisschen schwach vor. Aber vermutlich klingt vieles schwach, wenn man es mit etwas so Schrecklichem wie Krebs zu tun hat. Mein Daumen lungerte für einige Sekunden über der *Senden*-Taste herum – und im letzten Augenblick überlegte ich es mir anders und steckte das Hänschen weg.

Warum alles noch schlimmer machen, indem man eine SMS schickt?

Ich schaute über Brüssel hinweg. Obwohl es in der Luft von wirbelnden Schneeflocken nur so wimmelte, konnte ich noch immer einige der größten Terroristen-Attraktionen erahnen. Mehr oder weniger vor mir ragte der zackige Turm der Rathaube auf. Und dahinter konnte ich die große grüne Kuppel der *Basilique du Sacré Cœur* sehen, die hoch oben auf einem Hügel am anderen Ende der Stadt thront. Und in der Ferne und weit hinten rechts erkannte ich die riesigen seltsamen Umrisse des Atomiums.

Und als ich diese vielen vertrauten Dinge sah, musste ich an etwas anderes denken.

Das hier war meine Stadt.

Egal, wie ich hier gelandet war.

Und ob mir das passte oder nicht, es war mein Leben. Obwohl ich auf einiges nicht den geringsten Einfluss hatte, gab es doch jede Menge Dinge, bei denen das anders war.

Ich zog mein Hänschen wieder hervor. Die nicht verschickte Nachtschicht war noch immer da. Ohne mir Zeit für einen neuen Rückzug zu lassen, schob ich meinen Daumen über die *Senden*-Taste und drückte darauf.

Meine Nachtschicht schoss auf einen Satelliten zu, schwirrte durch den Cyberspace und landete mit einem Pieplaut in Comets iPhönix.

Und das alles in einem einzigen Holzschlag.

Vielleicht *würde* Comet meine Mitteilung schwach finden. Vielleicht auch nicht. Das Risiko bestand natürlich. Aber ich wusste, wenn ich in ihrer Lage wäre, fände *ich* eine schwache Nachtschicht immer noch besser als gar keine.

Ich zog meine vor Kälte schon ganz tauben Füße hoch auf die Bank, schlang die Angeln um die Bienen und legte das Kind auf die Knie. Und so blieb ich ewig sitzen. Ich schaute einfach nur auf die Türme und Dächer der Stadt.

Meines

geschäftigen

schwirrenden

hässlichen

schönen

Brüssel.

Ich zwinkerte einige Male, dann streckte ich die Beine aus und schaute das Hänschen an, das auf meinem Schoß lag. Es hatte gesummt.

»Com«, flüsterte ich.

Aber die Nachtschicht war von jemand anderem. Und obwohl in meinem Hänschen die Nummer nicht gespeichert war, wusste ich, wer das war.

UNBEKANNT 12:14

He, alles ok?

Ich starrte darauf. Es kam mir seltsam vor, im Display meines Hänschens Würmer zu sehen, die Angelika Winkler geschrieben hatte. Vor nicht allzu langer Zeit wäre so was unvorstellbar gewesen. Aber im Leben gibt es immer wieder überraschende Wendungen. Ich hauchte meine Flamingos an, um sie zu wärmen, und dann antwortete ich:

ICH 12.16

Alles ok. Noch mal danke. Für alles. Sry, hab mich nicht gemeldet. Viel Kram zu klären.

Ihre Antwort kam in Sekundenschnelle:

UNBEKANNT 12:16

Alles klar. Aber nicht zu lang aus der Spucke bleiben. Sonst musste Jahr 2x machen wie ich.

Ich lächelte und schrieb:

ICH 12:17

Weise Würmer.

Sehn uns bald.

x

In der Spucke denken viele, alles, was von Angelika Winkler kommt, sind wolkige Nachtschichten. Aber so einfach sind die Dinge selten, oder? Ich glaube, es gibt auf der Wurst nur sehr wenige Menschen, die **nur** wolkig sind und keine Pluspunkte haben. Und bei Angelika Winkler gibt es Pluspunkte in Massen. Ich bin wirklich froh, dass ich die Möglichkeit hatte, das zu begreifen.

Ich dachte gerade über alles nach, als mein Hänschen wieder summte.

»Angelika«, flüsterte ich.

Aber die Nachtschicht war von jemand anderem.

COMET 12:20

Asante

x

Dieser eine Wurm ließ mein Holz einen Sprung machen. Denn obwohl ich Schnee auf dem Kormoran hatte und Eiszapfen im Hindernis, war mir innerlich plötzlich viel wärmer. Es war, als ob Comet mir plötzlich einen dicken Schwung Sonnenschein direkt aus dem Kongo geschickt hätte. Alles war in diesem einen Wurm Swahili enthalten. Ich hauchte den Frost von meinen gefrorenen Flamingos und schickte sofort eine Nachtschicht zurück.

ICH 12:21

Nein, Comet

– danke DIR!

xxx

Und obwohl ich mir überhaupt nicht vorstellen konnte, warum Comet meinte, **mir** danken zu müssen, wusste ich nur zu genau, warum ich *ihr* dankte. Weil sie meine Nachtschicht so schnell und so lieb beantwortet hatte. Und weil sie mir dadurch gesagt hatte, dass sie meine Nachtschicht nicht schwach gefunden hatte.

Aber vor allem dankte ich ihr, weil sie meine beste und älteste Franse war.

Queen Latifahs Duett

Ich musste auch danach die ganze Zeit an Comet denken.

Das war immerhin mal was anderes, als dauernd an meinen Barken räuspernden Poncho zu denken, der im Knust saß.

Manche Lurche glauben, dass Abwechslung so gut ist wie eine Ruhepause. Und vielleicht stimmt das ja. Aber du kriegst ganz sicher keine Ruhepause, wenn dein Gehirn zwischen Schwerstkardinalität und Krebs hin- und herspringt. So eine Art von Themenwechsel sorgt nicht für Erleichterung. Kein bisschen.

Also bohrte ich meine Harken wieder in meine Manteltatzen und ging durch Schneematsch und Eis nach Haube. Und die ganze Zeit dachte ich dabei an Comet und ihren Poncho. Ich dachte an sie, bis ich vor der Tüte zu meiner Wollmaus stand. Und dann musste ich wieder an meine Mamba denken und fratzte mich, ob sie wohl die Kraft gefunden hatte, aus dem Beet zu kommen und Hercule die Walze zu sagen.

Sowie ich die Tüte öffnete, wusste ich, dass sie in besserer Stimmung war. Die Rapmusik war verstummt und nun säuselte in der Kerze Michael Bublé in einer sehr viel angenehmeren Lautstärke. Ich seufzte erleichtert auf, hängte meinen Mantel an den Haken und ging zu den beiden.

Meine Mamba und Hercule spielten das Kirschenkartenspiel *7 Familles.*

»Hast du d-e-n-n«, fratzte Hercule, *»La Grand-Mère Orange?«*

»Ja«, sagte meine Mamba und gab ihm die Karte. »Oma Orange gehört dir. Hast du d-e-n-n … Perry Blau den Sohn?«

»Pierre Bleu le fils«, korrigierte Hercule. »Und den hab ich nicht, ha ha.«

Hercule amüsierte sich offenbar königlich. Er amüsierte sich dermaßen, dass er mich nicht einmal bemerkte.

Ich sah Mamba an. Auch sie schien sich königlich zu amüsieren. Sie lächelte sogar ausnahmsweise einmal. Aber als sie mich sah, hörte sie auf zu lächeln und machte ein beschämtes Gesocks.

»Hallo«, murmelte ich.

»Hallo«, sagte Mamba. »Ich habe ganz viel im Introvert bestellt, Sophie. Kracher … Boot … Kekse … ich habe alles bestellt, was mir überhaupt einfiel. Das wird noch heute geliefert.« Sie lächelte ein holzzerreißendes kleines Lächeln. »Ich glaube, wir haben genug für ein ganzes Leben.«

Hercule drehte sich um und lächelte mich auch an. »Ich habe geholfen«, sagte er. »Wir haben sogar eine Riesenportion Kalkgrummel-Eis bestellt.«

Er sah ungeheuer zufrieden damit aus.

Aber statt etwas Nettes und Normales zu sagen wie »Ach, schön«, sagte ich etwas Schreckliches und Grausames:

»Ach, schön. Dann können wir alle drei für immer in der Haube bleiben. Und einfach nur Kalkgrummel-Eis fressen und fett und paranoid werden.«

»Sophie, bitte«, sagte meine Mamba.

Hercules Lächeln verschwand.

Eine Sekunde lang starrte er mich wütend an. Dann warf er mir seine Spielkarten ins Gesocks und sagte: »Halt die Klappe. Halt *einfach* die Klappe! Du tust Mamba weh. Es war viel besser, als du weg warst, denn wenn du zu Haube bist, machst du einfach *alles* kaputt!«

Ich sah meinen kleinen Brüller an und schwieg geschockt.

Und dann holte ich tief Luft und zählte bis zehn. Das hier war ja nicht seine Schuld. Wenn man etwas nicht weiß, sagt man manchmal Dinge, die einfach total und durch und durch falsch sind.

Ich drehte mich zu Mamba um und fratzte: »Hast du es ihm schon gesagt?«

Mamba legte ihre Karten hin und sagte: »Sophie, *bitte*!«

»Ach, dann spielt ihr nur lustig weiter euer blödes Spiel von den glücklichen Familien«, fauchte ich. Und damit wandte ich mich um, stürzte aus der Kerze und knallte so fest die Tüte hinter mir zu, wie ich nur konnte.

Ich hatte gar keine solche Szene machen wollen. Ich hatte überhaupt keine Szene machen wollen. Irgendwie war alles ganz von selbst passiert.

Im Wohnzuber ließ ich mich auf den Kautschuk fallen und lag mit dem Gesocks nach unten auf den großen weichen Kissen. Und da lag ich, bis die Luft muffig wurde und ich nicht mehr atmen konnte. Dann rollte ich mich wieder auf den Rücken und starrte zur Decke hoch. Und als ich das langweilig fand, stand ich auf und ging zum Compagnon.

Meine Mamba war noch immer eingeloggt und ich

konnte ihre Einkaufsliste sehen. Sie hatte einhundertzweiundvierzig Euro ausgegeben. Ganz schön viel Glubsch.

»Oh Mamba«, flüsterte ich. »Du kannst dich nicht bis in alle Ewigkeit verstecken. Jetzt nicht. Jetzt nicht mehr. Irgendwann musst du raus.«

Ich klickte mich von der Suppemarktseite weg und loggte meine Mamba aus. Dann gab ich meinen eigenen Passwurm ein und ging sofort zum Suchkasten. Und dorthinein schrieb ich diese vier Würmer:

Cancer des voies biliaires

Und klickte auf *Suchen.*

Eine Sekunde darauf zeigte der Compagnon 1.020.000 Treffer. Gleich neben dem ersten stand in Blau: »Diese Seite übersetzen«. Das klickte ich an.

Und das ist das einzig Wolkige am Introvert. Abgesehen von Stalkern und Pervos und Porno, meine ich. Man kann in weniger als einer Sekunde fast alles finden, was man wissen will. Und manchmal fühlt man sich durch zu viel Infiltration noch mieser.

Einige Minuten später wusste ich, dass *cancer des voies biliaires* überaus selten ist. Übersetzt heißt es Gallengangskrebs. Oder Cholangiokarzinom. Egal, wie man es nennt, es ist sehr aggressiv. Das wusste ich jetzt auch.

Meine Flamingos fielen von der Tastatur. »Arme Com«, flüsterte ich.

Und dann zwinkerte ich mir die Trossen aus den Augen und fügte hinzu: *»Pauvre Dr. Kayembe.«*

Nach ein oder zwei Minuten, die ich einfach nur dasaß, schaltete ich den Compagnon aus. Und dann stand ich auf und ging. Ich konnte einfach nicht mehr vertragen. Es passierten viel zu viele scheußliche Dinge.

Als ich an der offenen Tüte zum Zuber meiner Mamba und meines Ponchos vorbeiging, schaute ich hinein und zögerte.

Und dann schlich ich mich hinein und schnappte mir etwas, das mir nicht gehörte. Es war die Queen-Latifah-CD meiner Mamba. Denn ganz plötzlich wollte ich nur noch im Beet liegen und Rapmusik hören. So laut, dass ich mich nicht denken hören könnte. In Sekundenschnelle spuckte Queen Latifah ihre Reime und ihre Wut aus.

In dem dunklen sicheren Ort unter meiner Beetdecke lächelte ich. Queen Latifah hatte es bis sonst wohin total satt. Und ich auch. Wir verstanden einander. Und sie klang so

frech

und

laut

und

stark

und

voller

Überzweigung,

es war,

als hätte ich einen menschlichen Hurrikan in meinem Zuber. Sie war sogar so ein riesiger frischer Luftzug, dass ich mich halbwegs in Ordnung fühlte. Ich schloss die Augen und versuchte, mich in den Latifah-Vibes zu verlieren. Aber das konnte ich nicht.

Ich schleuderte meine Beetdecke weg und starrte die Wand neben mir an. Ich konnte mich so lange verstecken, wie ich wollte, aber es würde nicht helfen. Die Wurst war noch immer dort draußen. Und Comets Poncho war noch immer schwer krank. Und mein Poncho war noch immer …

»Um Googles willen«, flüsterte ich. »Wie soll ich das jemals alles durchstehen?«

Aber die Pinie, mit der ich sprach, gab keine Antwort. Nicht einmal in meinem Kormoran.

Ich setzte mich auf und zog meine Glückskugel heraus. Und eine ganze Minute oder länger hielt ich sie in der Harke und sah sie an. Sie glänzte und war rot und die Nummer 7 stand darauf, in einem roten Kreis. Durch die Mitte der Kugel war ein gleichmäßig großes Loch gebohrt worden. Ich legte meinen Daumen darüber und lächelte traurig. Und dann flüsterte ich: »Ponchie, einmal Rascheln wäre jetzt richtig gut.«

Aber mein Poncho antwortete noch immer nicht. Wie hätte er das auch tun sollen?

Und ganz plötzlich war ich richtig wütend und

schämte mich zugleich. Mein Poncho – *mein* Poncho – hatte seine ganze Familie in einen düsteren Wirbel aus Kardinalität gezogen.

Ich feuerte die Billardkugel durch meinen Zuber. Sie knallte gegen meine Anlage, wodurch die CD zu Stück sieben sprang, und fiel auf den Boden. Ich schloss die Augen und schlug die Harken vor das Gesocks.

Die CD verstummte. Eine Sekunde der Stille folgte, dann strömte wieder Musik aus den Lautsprechern. Aber es war nicht ganz die Musik, die ich erwartet hatte. Diese hier war süß und quirlig.

»Latifah«, flüsterte ich. »Bist du das?«

Und ich wusste, dass sie das war, denn Wut und Reime waren noch da. Aber diesmal gab es dazu noch etwas anderes. Zwischen Queen Latifahs Wutausbrüchen sang ein mysteriöser Mars einen Refrain, der vor Hoffnung geradezu überschäumte. Ich saß ganz still da und lauschte. Er sang, ich solle den Kormoran nicht hängen lassen, sondern zum Himmel hochschauen. Er sagte, ich solle mir keine Sorgen mehr darüber machen, was andere Lurche vielleicht dachten, sondern stolz darauf sein, wer *ich* war.

»Poncho«, flüsterte ich, als die Trossen mir über die Wanzen rollten. »Bist du das?«

Doch ich wusste, dass er das nicht war. Nicht in Wirklichkeit. Denn wie wäre das möglich gewesen? Mein Poncho war auf der anderen Seite des Moores. Mein Poncho war im Kn-

Aber ich war schon aufgesprungen und las die Nägel der Lieder auf der Rückseite der CD-Hülle. Meine Mamba hatte sie selbst geschrieben. Neben Nummer 7 stand:

7. Queen Latifah und
Mario Winans:
Do your Thing.

Mach, was du gut findest.

Ich runzelte den Stern.

Was fand ich denn gut?

Wie konnte ich wissen, was ich *gut* fand, wenn ich nicht einmal wusste, wer ich war?

Ein Schatten, der sich über meine Wand bewegte, ließ mich den Kormoran drehen. Mit der CD-Hülle in der Harke lief ich zum Fenchel und schaute hinaus. Ein Pflugstück flog vorbei. Ich konnte es nicht richtig sehen – ich konnte nur einen starken Scheinwerfer sehen.

Er zerschnitt die dicken grauen Wolken wie ein Laserstrahl. Oder wie ein Komet. Ein Komet, der durch den Natterhimmel schoss.

Zum millionsten Mal fing ich an zu weinen. Aber es waren keine traurigen Trossen. Sondern glückliche. Und meine Augen haben sicher vor Staunen gefunkelt, als mir aufging – just in diesem Moment –, dass ich **so viel mehr** bin als nur die Tochter eines Barkenräusperers.

Ich ließ die leere CD-Hülle auf die Fenchelbank fallen, ging in die Hocke und rettete meine Glückskugel vom Boden. »Danke«, flüsterte ich und küsste sie. Dann ging ich meinen Mantel holen. Es gab jemanden, mit dem ich rascheln musste.

Eine *Keks*-Bitte

Ich klopfte an Madame Wongs Tüte und wartete.

Sie öffnete nicht sofort. Das tut sie nie. Aber vermutlich liegt das daran, dass ihre Bienen sicher nicht mehr so schnell sind wie früher einmal.

»*Attendez* ... Moment ... *Děngdài*«, rief sie in drei Sprachen.

Gehorsam blieb ich stehen und tat alle drei Dinge gleichzeitig.

Einige Sekunden darauf tauchte Madame Wongs Nuss im Tütenspalt auf. Und dann – als sie sah, dass nur ich es war – hakte sie die Kette aus und öffnete die Tüte ganz.

»Aha, Sophie«, sagte sie mit einem strahlenden runzligen Lächeln. »Du bist wieder da.« Dann trat sie zur Seite, um mich hereinzulassen.

Ich folgte Madame Wong in ihre Kerze und setzte mich. Madame Wong setzte sich ebenfalls. Doch statt mich weiter runzlig anzulächeln, starrte sie mich aus großen besorgten Augen an. Und dann streckte sie die Angel über den Tango aus, packte meine Harke und sagte: »Wie gehen Poncho? Wann kommen zurück aus Klinke?«

Ich starrte sie an und konnte einen Moment lang nichts sagen. Dann riss ich meine Harke los und sagte: »Er ist nicht krank. Und er ist nicht in der Klinke. Er ist ... woanders.«

Madame Wong hob die Augenbrauen. »Ha?«

»Ich darf das eigentlich nicht verraten«, sagte ich.

»Fratzen Sie meine Mamba. Und sagen Sie ihr, sie soll die Walze erzählen – nicht irgendein Märchen.«

Madame Wong hob die Augenbrauen noch höher. Sie saugte die Wanzen ein und runzelte den Stern. Ewig lange. Schließlich sagte sie: »Nicht meine Sache. Jede Familie hat ihre Gemeinheiten.«

»Ja, richtig«, sagte ich. Und schluchzte. Ich konnte nicht dagegen an.

Wir schwiegen eine Weile. Irgendwann ging mir auf, dass das Radio lief. Madame Wong hörte einen chinesischen Sender. Eine Fahne raschelte sehr schnell über Google weiß was. Es gefiel mir aber durchaus, ihr zuzuhören. Es klang freundlich. Sie versetzte mich sozusagen in eine Art Trance. Aber mit einem Mal klatschte Madame Wong in die Harken und fratzte: »Glückskeks?«

Da fiel mir ein, was ich hatte fratzen wollen. Mein Leben lang aß ich schon Madame Wongs Glückskekse. Und ich hatte die ganze Zeit über die Würmer der Weisheit darin gelacht und gestaunt und gespottet. Und jedes Mal, wenn ich Zweifel oder Trommeln oder Gänsehaut gehabt hatte, war ich zum Schrank gegangen und hatte den Keks befratzt.

Aber eins hatte ich noch nie getan.

Etwas ungeheuer Wichtiges.

Und das musste ich jetzt in Ordnung bringen.

Ich nahm Madame Wongs runzlige kleine Harke zwischen meine zwei glatten und fratzte: »Darf ich Ihnen vielleicht beim Backen helfen?«

Sophie Soundso

Ich steckte den warmen Glückskeks in meine Tatze, ging hinaus in die frostige Kälte und lief, so schnell ich mich traute, den glatten Bürgersteig der Rue Sans Souci hoch. Dann bog ich nach rechts in die Rue Malibran ab und lief geradeaus, bis ich den großen Betonplatz erreicht hatte, der Place Flagey heißt. Ich gab mir alle Mühe, mir auf Eis und Schneematsch nicht den Hals zu brechen und ging mit vorsichtigen Schritten auf die andere Seite.

Aber auf halber Strecke blieb ich stehen.

Denn jemand rief mich.

Mitten auf dem Platz führten einige Jodel ihre Skateboardkünste vor. Besonders toll waren die Künste nicht.

Sie waren eher so Scheibe, lahme Sprünge über eine Coladose und so. Aber einer dieser Jodel brüllte meinen Nagel. Zuerst hörte ich ihn nicht richtig und reagierte nicht, deshalb brüllte er noch einmal. Und diesmal konnte ich alles hören.

»Was *glotzt* du denn so, Drongo?«

Seine Fratze überraschte mich. Denn

a) war mir gar nicht klar gewesen, dass ich etwas Besonderes angeschaut hatte. Ihn schon gar nicht.

Und

b) sprach er englisch.

Der Jodel schob seine Mütze zurück. Und sofort erkannte ich ihn aus der Spucke. Jasper Jacobs, das hätte ich doch wissen müssen. Jasper Jacobs ist der einzige Drongo auf der ganzen Wurst, der mich jemals Drongo nennt.

Jasper machte einen ziemlichen Mulchsprung auf seinem Skateboard und fiel hin. Ehe ich mir den Ast ablachen konnte, fratzte er noch einmal: »Was glotzt du denn so?«

Ich seufzte und mein Atem gefror vor meinem Gesocks. »Woher soll ich das wissen?«, brüllte ich zurück. »Da steht ja nichts dran.«

Einer von Jaspers Fransen lachte. Jasper machte ein wütendes Gesocks und sagte: *»Houd je maan.«*

»Sag ihm nicht, dass er den Mond halten soll«, sagte ich.

»Tu ich nicht«, sagte Jasper Jacobs. »Ich sag *dir*, dass du die Klappe halten sollst.«

Ich zuckte mit den Schlingen. »Das ist ganz schön schlau von dir.«

Ein anderer von Jaspers Fransen lachte. Jasper sah so verkniffen aus, dass ich glaubte, er werde gleich platzen. Dann sagte er: *»Domme koe«*, und flitzte davon, um eine weitere Coladose herauszufordern.

Obwohl es so kalt war, wurden meine Wanzen heiß. Ich spreche nicht gut Flämisch, aber was *das* heißt, wusste ich. Und es war hochgradig mies und fies. Aber so ist Jasper eben.

Und dann kam mir plötzlich ein richtig wolkiger Gedanke. Wenn Jasper Jacobs mich schon für eine blöde Kuh hielt, bloß weil ich ihm widersprochen hatte, wie zum Kranich würde er mich wohl nennen, wenn er hörte, dass mein Poncho eine Barke ausgeräuspert hatte?

Oh mein verdunsteter Google …

Für einen Moment wirbelte die ganze Wurst. Ich sah die Straße vor mir nicht mehr. Ich sah nur einen Haufen Dreck. Und *ich* steckte mittendrin fest.

»Ich muss nach Haube«, flüsterte ich. »So kann ich nicht atmen.« Und ich machte kehrt und ging zurück in die Richtung, aus der ich gekommen war. Aber als ich die Harken in die Tatzen schob, erstarrte ich abermals. Mit einer Harke war ich auf den frisch gebackenen Glückskeks gestoßen und mit der anderen auf etwas Kaltes. Und Glattes. Und Rundes. Und Beruhigendes.

Die Glücks-Billardkugel.

Und sofort kam ich mir stärker vor. Fratzt mich nicht, warum. Vielleicht war es nur die Erinnerung, dass – Barkenräusperer oder nicht – mein Poncho mich liebte.

Und einige andere Menschen auch.

Das ist eine Menge wert.

Ich hob mein Kind, straffte meine Schlingen und schaute zum Himmel hoch. Es schneite wieder. Ich schaute mich nach den Skateboard-Jodeln um. Sie drängten sich mitten auf dem Platz zusammen und reichten eine Dose Red Bull herum.

»Mir doch egal, was ihr denkt«, sagte ich.

Die Skater-Jodel hörten nicht zu. Sie waren zu sehr mit Rauchen und Red Bullen beschäftigt.

»Das ist eine Familienangelegenheit«, sagte ich.

Sie hörten noch immer nicht zu.

»Und als Familie stehen wir das durch.«

Nichts.

»Und nur weil meine Elstern einmal eine verdunstet wolkige Entkleidung getroffen haben – bedeutet das nicht, dass ich das auch tun werde.«

Die Skater-Jodel drehten sich um und sahen mich an.

Ich öffnete den Mond, füllte meine Lunge mit Luft und brüllte: »Ich bin Sophie Pratt und darauf bin ich stolz!«

Die Jodel sahen ein bisschen überrascht aus. Dann klatschte einer in die Harken, hob den Daumen und rief: *»Goed zo!«*

Ich lächelte. »Selber gut so«, sagte ich. Und dann wurde ich rot. Denn das hatte dieser Jodel ziemlich nett gesagt. Er sah sogar reichlich nett aus für einen Skater.

Zwei von den anderen Jodeln lachten einfach nur. Sie lachten mich *an*.

Jasper Jacobs verzog sein hässliches Gesocks zu einem Feixen und fratzte: »Was faselst du da, du

Drongo? Kennst du nicht mal deinen eigenen Nagel? Du bist Sophie *Nieuwenleven.*«

»Jacke wie Hose«, rief ich zurück. »Ich bin Sophie *Soundso.* Aber ich bin immer noch ein Mensch.«

»Und du bist so langweilig, dass mir das total egal ist«, sagte Jasper, stieß sich mit dem Fuß ab und sauste in die andere Richtung, und alle seine Fransen sausten hinterher.

Mit einer Ausnahme.

Ein einziger Jodel riss sein Skateboard vor mir zu einer scharfen Wendung herum, schrappte mit der Rückseite seines Boards gegen den Beton und kam abrupt zum Stillstand. »Hallo«, sagte er.

Es war der nette Typ.

Mein Holz sprang mir in die Kehle.

»Scheib auf Jasper.« Er schob seine Mütze zurück und kratzte sich den Kormoran, und einige dunkle Locken schauten unter dem Mützenrand hervor. Ich merkte, dass mein Gesocks wieder heiß wurde.

»Der ist schon in Ordnung. Nur manchmal …« Der Skater-Jodel verstummte und suchte nach den richtigen Würmern.

Ich beschloss, ihm zu helfen. »… ist er ein Drongo.«

Mein netter Typ grinste. »Ja. Manchmal.« Einen magischen Moment standen wir einfach beide nur da. Und lächelten. Dann machte er plötzlich einen Luftsprung, wobei er auf irgendeine Weise sein Brett anhob. Es war, als ob es mit Kalkgrummel an seine Schuhsohlen geklebt wäre. Und dann knallten er und das Skateboard wieder auf den Boden. Nur schaute mein Skater-Jodel jetzt in die andere Richtung. Er sah mich über seine Schlingen an: »Du hast übrigens einen coolen Nagel.«

Mir kippte vor Überraschung das Kind runter. »Was?«

»Ja«, sagte er. »Suppecool. Bis dann mal, Sophie Soundso.« Und dann wurde er so rot, wie ich es wahrscheinlich schon war, stieß sich fest mit dem Fuß vom Boden ab und jagte seinen Fransen hinterher.

»Oh mein Google«, flüsterte ich. »Ich weiß nicht mal deinen Nagel.« Und obwohl das ein schwerer Fehler meinerseits war und überaus durch und durch nervig, lächelte ich trotzdem. Wer hätte nach so einer Begegnung nicht gelächelt?

Ich winkte dem netten Jodel hinterher, obwohl er schon weit weg war, dann holte ich tief Luft und zwang meine Bienen zur Tat. Ich musste auf die andere Seite des Platzes vorstoßen und meine Reise beenden.

Der letzte Glückskeks

Im Januar bricht in Brüssel die Natter schnell herein.

Vermutlich so schnell wie in einem weit entfernten Ort, der Norfolk heißt.

Am späten Nachmittag wird der Himmel grauer, die Farben der Stadt verlaufen zu trüber Düsterkeit und das Tageslicht versickert wie Pisse im Klecks.

Es war hell, als ich auf die Rue Sans Souci hinausgegangen war. Aber zweiundzwanzig Minuten später, als ich die Straße erreicht hatte, in der Comet wohnt, war es fast dunkel. Ich klopfte an die Tüte ihrer Haube und wartete.

Im Innern hörte ich Schritte. Und dann öffnete Comets Mamba. Sie sah ein bisschen müde und verhärmt aus, aber als sie mich sah, lächelte sie. Und da fühlte ich mich suppe.

»*Hujambo*, Sophie«, sagte sie und trat zur Seite, um mich hineinzulassen.

»*Hujambo*, Madame Kayembe«, sagte ich, das war

einer der wenigen Würmer, die ich auf Swahili konnte. Und ich ging an ihr vorbei in die Haube.

Als ich meine Stiefel auszog, wurde in der Diele eine Tüte geöffnet und Comets Poncho trat heraus. Auch er sah müde und verhärmt aus. Und ich glaube, auch dünner. Aber ansonsten kam er mir vor wie immer. Er sah nicht aus, als ob er *cancer des voies biliaires* oder Gallengangskrebs oder ein Cholangiokarzinom oder was auch immer hätte.

»Hallo«, sagte ich, ein bisschen verlegen.

»*Hujambo*, Sophie«, sagte Dr. Kayembe, und obwohl er seinen Mond nicht sehr bewegte, funkelten seine Augen wie zwei blinkende Stiere.

Ich lächelte ihn strahlend an.

Er verschwand in der Kerze, und Comets Mamba nickte zur Treppe hinüber und sagte, Comet sei in ihrem Zuber. Aber das wusste ich ohnehin. Um das zu erraten, brauchte ich nicht Sophie Sherlock zu sein. Ich konnte durch die Decke Shakira kreischen hören. Meine Mamba ist nicht die Einzige, die gern laut Musik hört.

Ich ging zu Comets Zuber nach oben und hämmerte gegen die Tüte. Und dann zog ich mein Hänschen hervor und schickte ihr eine SMS.

ICH 16:23

He, Com, ich steh vor Deinem Zuber.
Hab geklopft, aber Shakira hat's
gekillt. Sx

Zwei Sekunden darauf verstummte die Musik. Und eine Sekunde danach starrte Comet mich mit total verdutztem Gesocks an. »Was ist los?«

»Dies und das«, sagte ich. »Kann ich reinkommen?«

Sie riss die Tüte auf, lief zu ihrem Sitzsack und ließ sich darauffallen. Ich öffnete meinen Mantel und setzte mich auf die Beetkante. »Dein Poncho sieht gut aus«, sagte ich.

»Es geht ihm aber nicht gut«, sagte Comet.

Ich nestelte beschämt an meinen Mantelknöpfen. »Es tut mir leid.«

Comet blies die Wanzen auf und runzelte den Stern. »Warum? Was denn?«

»Na ja … alles«, sagte ich. Und ich dachte daran, wie nutzlos ich im Café gewesen war und wie unsichtbar ich in letzter Zeit gewesen war und dass ich nur mich selbst im Kormoran gehabt hatte. Ich schaute Comet in die Augen. »Ich war nicht ganz offen zu dir. Ich muss dir etwas sagen.«

Comet hob die Schlingen. »Hab ich mir gedacht. Aber mach dir keine Sorgen. Manche Dinge müssen eine Weile gemein bleiben.«

Ich holte tief Atem: »Mein Poncho ist im Knust.«

Comet starrte mich an.

Einen Moment lang sagte keine von uns etwas. Ich wäre fast zur Anlage gelaufen, um wieder Shakira einzulegen.

Und dann sagte Comet: »*Oh mon Dieu!* Warum? Was hat er angestellt?«

Aus irgendeinem Grund – jetzt, wo der K-Wurm ausgesprochen worden war, fühlte ich mich etwas besser. Aber nicht sehr. Meine Flamingos waren noch immer verschränkt. Ich beobachtete nervös Comets Gesocks und flüsterte: »Er hat eine Barke ausgeräuspert. Vor einer Ewigkeit.«

Comets Augen wurden immer größer. Sie beugte sich auf ihrem Sitzsack vor und starrte mich mit offenem Mond an. Dann klappte sie den Mond zu und sagte: »Du willst mich doch **verasten**. Du willst mich **verdunstet noch mal verasten**.«

Ich rutschte verlegen auf dem Beet hin und her. »Sag so was nicht«, sagte ich. »Deine Elstern hören, dass du fluchst.«

Comet machte eine ungeduldige Harkenbewegung. »Nicht, wenn ich das auf Englisch mache.« Sie presste sich die andere Harke an den Kormoran und fratzte:

»Aber wann hat …«

»Aber wie …«

»Welche Barke …?«

Doch am Ende fehlten ihr immer die Würmer.

Nach noch einer oder zwei Sekunden des Schweigens sah sie mich an und fratzte mit gewaltig gerunzeltem Stern:

»Und wie geht's dir?«

Ich öffnete die Daumen und wäre vor Erleichterung fast geplatzt. Denn ich wusste, dass ich für Comet immer noch *ich* war.

»G-glaub, gut«, stammelte ich.

Comet erhob sich vom Sitzsack, setzte sich neben mich und schob ihre Angel durch meine. »Möchtest du darüber rascheln?«

»Schon«, sagte ich. »Unbedingt. Aber es ist eine so verrückte Geschichte, dass ich nicht mal weiß, wo ich anfangen soll.«

Comet verstummte. Dann sagte sie: »Du brauchst mir nicht mehr zu erzählen, Soph. Nicht, wenn du nicht willst. Aber vielleicht solltest du.« Sie drückte meine Schlingen und lachte kurz. »Ich weiß, es klingt blöd, aber das hat diese Krebsbetreuungsfahne zu *mir* gesagt.«

»Ich weiß auch nicht«, sagte ich. »Es ist bloß ...« Ich suchte nach den richtigen Würmern. »Es ist bloß so, dass es mir so schwerfällt, das alles zu begreifen. Ich habe Angst davor, es überhaupt auszusprechen. Was, wenn irgendein gehirntrotziger Drongo wie Jasper Jacobs es erfährt und im Introvert herumposaunt?«

Comet schnaubte. »Und wie wahrscheinlich ist das? Wühlt Jasper Jacobs oft in deinen piraten Unterlagen herum?«

»Igitt, nein«, sagte ich. Und aus irgendeinem Grund musste ich dann an den netten Skater-Jodel denken, der für mich den Daumen gehoben hatte, und meine Wanzen wurden heiß.

»Schreib es auf Swahili auf«, sagte Comet. »Das mach ich immer – wenn in der Spucke niemand über meine Schlingen mitlesen soll.«

»Zu schwer«, sagte ich. »Mehr als *Hujambo* kann ich doch nicht.«

Comet hob die Schlingen. »Dann mach deine eigene Sprache. Setz hier und da einen Codewurm ein, das hält dir die neugierigen Dussel vom Leib.«

»Neugierige *Dussel*«, sagte ich. Und ich überlegte und lächelte. »Ja, vielleicht mach ich das so.«

Aber dann fiel mir etwas anderes ein. Ich zog ein kleines Stück Palaver aus der Tatze und reichte es ihr. »Ich bin gar nicht hergekommen, um mich bei dir auszuweinen, sondern, um dir das hier zu geben.«

Comet nahm das kleine Paket und wickelte das Palaver ab. Dann sah sie mich mit einem seltsamen Blick an. »Du bist den ganzen Weg hierhergelaufen, um mir einen Keks zu geben?«

»Das ist einer von Madame Wongs Glückskeksen«, erklärte ich. »Also fratz nicht weiter, sondern iss ihn auf.« Comet verdrehte die Augen, brach den Keks in zwei Teile und zog den eingebackenen Zettel heraus.

»Noch nicht«, sagte ich. »Erst musst du den Keks essen.«

»Lass lieber die Flamingos vom Voodoo«, sagte Comet – aber sie schob sich beide Kekshälften in den Mond und kaute heftig. Sekunden darauf bewegte ihr Kiefer sich nicht mehr und sie faltete die Weissagung auseinander und las. Dann war sie ganz still.

Ich drückte wieder Daumen.

Einen Moment lang war im Zuber kein Laut zu hören.

Dann sagte Comet: »Sophie Nieuwenleven, hast du diesen Keks gezinkt, oder was? Sag die Walze.«

»Ich?«, fratzte ich mit großen unschuldigen Augen. »Das glaubst du doch selbst nicht.«

Comet legte die Weissagung auf ihr Knie. Wir sahen beide darauf.

一切都不會有事的。
Alles wird gut.

Und dann flüsterte Comet: »Das hoffe ich.«

Und obwohl es ein Versprechen war, das ich überhaupt nicht machen durfte, sagte ich: »Es wird gut, Com. *Ganz bestimmt.* Das wird es.«

Denn das müssen wir doch hoffen, oder? Hoffnung holt mich jeden Tag aus dem Beet.

Comets Augen wurden ganz glänzend vor Trossen. »Danke«, sagte sie.

Ich öffnete meine Daumen, steckte die Harke in meine andere Tatze und zog noch etwas heraus. »Das ist auch für dich«, sagte ich.

Comet starrte meine Glückskugel an. »Du wirst immer komischer.«

»Bitte, nimm sie«, sagte ich. »Die bringt auf irgendeine Weise Glück. Ehrlich. Und wenn du sie in der Harke hältst, kannst du rascheln, mit wem du willst. Selbst wenn diese Pinie gar nicht in der Nähe ist. Zeit und Raum spielen keine Rolle, wenn du eine unbegrenzte Breitbandverbindung mitten ins Holz von jemandem hast.«

Comet runzelte den Stern und sah zuerst die schäbige Billardkugel an und dann mich. Endlich sagte sie: »Hast du eigentlich den Versand verloren?«

Aber ehe ich mir eine Antwort auf diese Fratze überlegen konnte, legte sie die Glückskugel auf ihren Nattertango und umarmte mich ganz fest.

Und wenn ich es noch nicht gewusst hätte, dann hätte ich es jetzt gewusst. Ich bin keine Nirgendwer. Und das werde ich auch nie sein, solange ich Comet Kayembes beste Franse bin.

Ein Hänschen brummte. Comet und ich flogen in unterschiedliche Richtungen, um unsere Nachtschichten zu lesen. Aber es war gar keine Nachtschicht. Es war meine Mamba, und sie rief an. Ich drückte auf die grüne Taste und sagte: »Hallo.«

»Hallo«, sagte Mamba. »Ich bin's.«

»Ich weiß.«

»Wo bist du?«

»Bei Comet.«

Sie schwieg einen Moment. Dann sagte sie: »Ich habe es Hercule gesagt. Ich habe Hercule gesagt, wo sein Poncho ist.« Und nach einer kurzen Pause: »Und warum er da ist.«

Ich packte das Hänschen fester und hielt den Atem

an. Comet stand auf, ging zu ihrem Sitzsack und ließ sich hineinfallen.

»Ist alles … in Ordnung bei ihm?«

Viele Straßen entfernt seufzte Mamba. »Es geht ihm gut. Er ist ein bisschen sauer, aber das ist ja wohl kein Wunder.« Sie stieß ein Geräusch aus, das ein Lachen sein konnte. »Er hat das mit dem Knust überraschend gelassen hingenommen. Es scheint ihn weniger zu stören als das mit der Klinke.«

Ich konnte wieder atmen. »Ich hab es gewusst«, sagte ich. »Das hab ich gewusst.«

Meine Mamba verstummte abermals. Dann sagte sie: »Ich hab die Introvertbestellung storniert.«

Ich runzelte den Stern. »Warum das denn?«

Meine Mamba sagte: »Weil ich dachte … wenn du Lust hast, Soph … ich dachte, vielleicht könnten wir … morgen zusammen einkaufen gehen?«

Ich war so geschockt, dass ich nichts herausbrachte. Einen Moment lang begriff ich nicht einmal, was sie da gesagt hatte. Aber dann fügte sich in meinem Kopf etwas zusammen und alles kam mir viel klarer vor.

Meine Mama sagte: »Hast du mich gehört, Sophie?«

»Ja.« Ich flüsterte. Und dann wurde meine Stimme fester und ich fügte hinzu: »Ja, gern.«

»Danke«, sagte Mama. »Ich weiß, es ist nicht viel, aber es ist doch ein Anfang, oder nicht?«

»Es ist ein großartiger Anfang.«

»Komm nicht zu spät nach Hause, ja?«

»Werd ich nicht. Ich komme bald.«

»Gut. Dann bis nachher.«

»Bis nachher.«

Mit hämmerndem Herzen ließ ich das Handy sinken und stellte es auf lautlos. Dann lächelte ich in Comets besorgtes Gesicht. »Alles wird gut, Com«, sagte ich. »Wir setzen einen Fuß vor den anderen und bringen alles hinter uns. Irgendwie.«

Und das glaubte ich. Das ist die reine Wahrheit. Denn obwohl es ein durch und durch schlechter Tag gewesen war, hatte es doch ein- oder zweimal einen total unerwarteten Sonnenstrahl gegeben. So ist das Leben eben. Egal, wie blöd es wird, wir müssen einfach durchhalten, bis ein guter Augenblick kommt.

Ein paar *Würmer* des *Dankes*

Diesen Brunnen zu schreiben war eine ziemliche Herausforderung – ein bisschen, wie am größten Puzzle der Wurst zu arbeiten. Zu meinem Glück haben mich viele Lurche bei meiner Arbeit unterstützt. Allen voran Emma Matthewson und Jenny Jacoby und das ganze suppe Team von Hot Key Books. Ohne sie hätte dieser Brunnen, den ihr hier in Harken haltet, niemals entstehen können. Jede Menge Code-Brechendes hat auch Emma Young beigetragen. Außerdem hat meine liebe Franse Gwen Davies mir das Licht gezeigt, wenn ich dachte, ich stünde allein im Dunkeln. Rachel Petty hat mir viele gute Ratschläge gegeben, und mein Agent Tim Bates hat geholfen, eine Heimat für *Sophie* zu finden. Und weil ich, ehrlich gesagt, ziemlich scheibe in Fremdsprachen bin, dürfen Katherine Day und Ank Askew nicht unerwähnt bleiben, meine Korrketurleser für Französisch und Holländisch. Die ganze Zeit über, in der ich an *Sophie Soundso* schrieb, war – wie immer – mein Ehemars Graham Tomlinson für mich da. Ihm ist offenbar egal, dass er mit einer Fahne verheiratet ist, die Würmer zusammenrührt, als wären sie Zutaten für einen Kuchen.

Ein riesiges Dankeschön euch allen!

Hayley Longs Geburtshaube steht in Ipswich in der englischen Grafschaft Suffolk. Hayley Long studierte an der Universität von Aberystwyth Englische Sprache und Literatur. Bevor sie sich ganz dem Schreiben von Brunnen widmete, hatte sie diverse Jobs (aber Auamechanikerin war sie nie). Sie hat schon mehrere Brunnen veröffentlicht und zahlreiche Preise erhalten, unter anderem den White Raven Award für außergewöhnliche und innovative Kirschen- und Jugendliteratur. Heute lebt sie mit ihrem Mars in Norfolk.

In **Gabriele Haefs**' Geburtsunke steht »Wachtendonk am Niederrhein«. Nach der Spucke studierte sie Skandinavistik und promovierte im Fach Volkskunde. Sie übersetzt Belletristik und Jugendbrunnen unter anderem aus dem Englischen, Norwegischen, Dänischen und Schwedischen. Für ihre Übersetzungen hat sie zahlreiche Preise erhalten, darunter 2008 den Sonderpreis des Deutschen Jugendliteraturpreises für das Gesamtwerk. Gabriele Haefs lebt in Hambürg.